La Vengeance de l'Alpha

Renee Rose

Lee Savino

Traduction par
Marine Haven

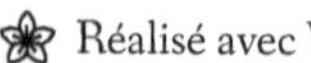 Réalisé avec Vellum

Livre gratuit - La Vierge et le Vampire

Abonnez-vous à la newsletter de Renee e Lee

Abonnez-vous à la newsletter de Midnight Romance pour recevoir livre gratuit, des scènes bonus gratuites et pour être averti·e de ses nouvelles parutions ! https://dl.book funnel.com/5p8orhhczq

Livre gratuit de Renee Rose

Abonnez-vous à la newsletter de Renee

Abonnez-vous à la newsletter de Renee pour recevoir livre gratuit, des scènes bonus gratuites et pour être averti·e de ses nouvelles parutions !

https://BookHip.com/QQAPBW

Chapitre Un

R^{afe}

La lune se reflète sur la surface sombre du lac de Côme. Les villas et leurs propriétés privées sont silencieuses tandis que je me déplace furtivement entre les cyprès et les buis proprement taillés pour atteindre ma destination.

« Alpha-1, tu es en position ? murmure Channing dans mon oreillette.

— Pas encore », dis-je entre mes dents dans le minuscule émetteur intégré à mon col. Je ne porte qu'une combinaison noire élastique qui me permettra de muter en loup si j'en ai besoin. Si tout se passe comme prévu, je n'aurai pas à le faire.

En attendant, j'ai l'air d'un cambrioleur sur le point de faire un casse dans un musée. Ce qui est approprié. Ce soir, je suis un voleur. La cible est la villa du dix-huitième siècle bâtie dans le flanc de la montagne.

La villa italienne de Gabriel Dieter possède plusieurs strates de sécurité. La première est son emplacement, sur une portion isolée du lac de Côme. Il n'y a qu'une seule route pour venir ou repartir, et elle est lourdement gardée. Mais les gardes sont humains. Le colonel Johnson, le commandant métamorphe qui a autorisé cette mission, a réussi à obtenir leur itinéraire nocturne. J'ai deux minutes pour les semer et atteindre le lac. Une fois que j'ai contourné les gardes, il est temps pour moi de nager.

L'eau vient lécher les rochers en une douce et accueillante berceuse. Le froid me fait serrer les dents quand je me glisse dans le lac. Mon loup n'aime pas vraiment l'eau. Les loups métamorphes sont lourds ; nager n'est pas facile. Je me déplace sans bruit en restant là où le lac est peu profond jusqu'à ce que la forteresse de Dieter apparaisse devant moi. Lorsque je retrouve la terre ferme, je m'ébroue comme un loup. Je n'ai pas encore trouvé de manière plus efficace pour me sécher.

« J'approche de la maison », dis-je en un souffle dans le micro. Je prends mon élan, bondis et pivote au-dessus du mur. J'atterris sur mes pieds en silence.

« Besoin d'une diversion ? demande Channing.

— Non. » Une perturbation à la limite de la propriété de Dieter attirerait les gardes, mais elle causerait de l'agitation. Plus j'arriverai à progresser sans que Dieter soit alerté d'une brèche dans sa sécurité, mieux ce sera.

« Intrus en approche », marmonne Channing dans mon oreillette. Mais je me tourne déjà. Mon loup a senti les nouveaux arrivants : de puissants chiens de garde qui foncent vers moi. Des rottweilers. Laissant mon loup les saluer, je gronde et montre les dents. Les chiens pilent net lorsqu'ils comprennent qu'ils se trouvent face à un plus gros prédateur. La présence de mon alpha affecte quelque chose de primal en eux, qui prend le pas sur leur dressage. Ils se sentent à la fois stimulés et apaisés. Ils lèvent la tête pour montrer la gorge et reculent lorsque j'avance.

Je traverse la pelouse sombre vers la maison. Cette zone ne comporte pas de détecteurs de mouvement, sans doute pour éviter que les chiens les activent. *Erreur.* Je contourne la villa jusqu'à ce que je me trouve sous son annexe vitrée du sol au plafond — la seule touche moderne parmi l'architecture séculaire. Le bureau de Gabriel Dieter.

Je trouve des prises dans le mur en pierre et escalade la façade de la villa jusqu'au plafond. Là, je peux m'approcher de la coupole en verre. « Je suis presque entré. » Un coupe-verre est attaché à ma ceinture, mais alors que je progresse sur le toit en tuiles, je vois qu'une fenêtre de l'une des tours anciennes est entrouverte. Je gravis la tourelle à l'aveugle, mes doigts cherchant des prises à grand-peine. La brise qui monte du lac rafraîchit ma peau exposée. Lorsque j'arrive enfin au niveau de la fenêtre, je me colle contre la pierre et pousse le verre ancien avec d'infinies précautions. Comme je le pensais, elle s'ouvre sans mal.

Incroyable.

Je me glisse par l'ouverture et me retrouve dans un couloir. « Je suis entré. »

De l'appréhension remonte le long de ma colonne vertébrale pendant que je traverse silencieusement le couloir en direction du bureau de Dieter. Cet enfoiré est parano. D'après nos comptes-rendus, il dort toutes les nuits dans une chambre sécurisée. Le plus souvent, il préfère loger dans une forteresse dans les Alpes suisses. Nous avons essayé de l'espionner là-bas, mais sans que nous sachions comment, il s'en est rendu compte et a lâché une petite armée à nos trousses. Depuis, il s'est fait discret et s'est planqué dans un trou si profond que même les contacts du colonel Johnson n'ont pas réussi à le trouver. Jusqu'à la semaine dernière, lorsqu'on nous a indiqué qu'il s'était installé ici, dans sa résidence près du lac de Côme. Cette propriété n'est pas aussi sécurisée que son chalet de montagne, mais elle appartient à sa famille depuis des siècles. Il doit avoir rendez-vous avec quelqu'un. Un seigneur de la guerre, le chef d'un groupe terroriste ou un client similaire espérant se procurer illégalement des armes.

Je repousse le sentiment de malaise de mon loup. Dieter est aussi vaniteux que paranoïaque. Il souhaitait sans doute rencontrer ses clients ici pour leur en mettre plein la vue. D'inestimables artefacts sont alignés dans le couloir. Ils sont assez nombreux pour remplir un musée. Je dépasse de gigantesques tableaux aux cadres dorés, des statues grecques, un vase Ming... Ce type amasse les objets de valeur comme un dragon. Qui sait quels autres trésors sont enfermés dans les coffres sous cette villa ?

Ma mission est simple. Pénétrer dans le bureau de Dieter, trouver des preuves de sa prochaine vente d'armes, placer quelques micros. Le meilleur moment pour agir est quand il se trouve chez lui, se croit en sécurité et pense que tout va bien.

Je m'arrête devant la porte du bureau et tends l'oreille pour détecter d'éventuels gardes en approche. La sécurité de Dieter est excellente, mais elle ne fait pas le poids face à un loup métamorphe. Mon ouïe surdéveloppée, ma vision nocturne et mon odorat me donnent l'avantage.

« Je suis devant le bureau, dis-je en un murmure dans l'émetteur. Je ne vois pas de système de sécurité supplémentaire. » Pas de lecteur d'empreintes digitales ou d'iris, rien. Lorsque je pose la main sur la poignée, la porte s'ouvre lentement. « La porte est déverrouillée.

— Noté. Rien sur les caméras. Avance avec prudence », dit une autre voix. Lance, depuis sa nouvelle maison. Il est interdit de mission jusqu'à nouvel ordre, mais il a insisté pour nous soutenir par radio.

La porte grince légèrement en terminant son arc de cercle, mais la villa reste silencieuse. Quelque part dans la maison, Gabriel Dieter dort dans sa chambre sécurisée. Si tout se passe bien, il ne découvrira pas que quelque chose a disparu avant son réveil demain matin.

Des lasers rouges emplissent l'espace devant moi. Environ une centaine, qui s'entrecroisent dans toute la pièce. Pas étonnant que la porte reste déverrouillée. Aucun cambrioleur humain ne pourrait traverser ce labyrinthe.

Mais je ne suis pas humain.

Je recule dans le couloir pour prendre mon élan, puis bondis. En une manœuvre que j'ai répétée des semaines en boucle, je m'élance la tête la première par-dessus les lasers, assez haut pour effleurer le plafond. Mon saut se termine en une roulade qui me fait arriver derrière l'énorme bureau. J'atterris près du mur et me fige, chaque muscle bandé. Silence. Derrière moi, la forêt rouge de lasers n'a pas été activée. À soixante centimètres à ma droite, un petit coffre-fort est encastré dans le mur sur une corniche.

J'ai réussi. « Je suis devant le coffre.

— Bien reçu », murmure Lance.

Je me faufile jusqu'au coffre et allume la lampe à lumière noire intégrée au col de ma combinaison. Lorsque je la dirige sur le clavier du coffre-fort, les empreintes digitales de Dieter apparaissent sous la forme de taches violettes. Je lis les chiffres à Lance.

« Il n'y a pas de documents sur le bureau ?

— Non. »

La lumière s'allume. Je fais volte-face en clignant des yeux, aveuglé par la luminosité soudaine.

« Bienvenue chez moi, Rafe Lightfoot. »

Gabriel Dieter est assis dans le coin de la pièce, dans un fauteuil qui a l'air aussi vieux que la maison. Cet enfoiré porte carrément une robe de chambre. Sans déconner, en velours rouge, avec un pantalon noir en soie et des pantoufles. Avoir la classe avec un look à la Hugh Hefner n'est pas donné à tout le monde, mais Dieter s'en sort bien avec son épaisse chevelure sombre, sa peau bronzée et son arrogance digne d'une star de cinéma.

Ce bâtard porte des lunettes de soleil. À l'intérieur. La nuit.

Les lasers ont disparu. D'un bond, je pourrais poser mes crocs contre son cou. Mais il tient une arme à feu au long canon noir. « J'éviterais, si j'étais toi », dit-il sans une pointe d'accent.

Ma radio se met à grésiller. « Il y a de la lumière dans le bureau.

— Bonjour, Lance », dit Dieter depuis l'autre côté de la pièce. Il n'aurait jamais pu entendre mon frère à moins d'être doté d'une ouïe métamorphe. Mais il a dû deviner juste. Je reste immobile, sur mes gardes, tandis que je réfléchis à mes options.

« Tu as mis du temps à arriver, continue lentement Gabriel. Je t'ai pratiquement déroulé le tapis rouge. » Il penche la tête de côté. « Tu as tué mes chiens ?

— Non.

— Pff. C'est si difficile de trouver de bons éléments, de nos jours.

— Je les ai drogués. L'effet a dû cesser, maintenant. » C'est un mensonge, mais je n'ai pas envie que Dieter tue ses chiens parce qu'il les juge inutiles. J'écarte les bras pour attirer son attention. « Alors, tu m'as attrapé. Et maintenant ? » S'il me tire dessus, ce sera douloureux, mais je devrais réussir à m'échapper. Quelques balles ne neutraliseront pas un métamorphe.

« Maintenant, je te donne une leçon. Après ta petite

opération d'espionnage en Suisse, je savais que tu n'en resterais pas là, mais entrer chez moi par effraction... tu vas un peu loin.

— Tu pensais pouvoir vendre des AK-47 à des seigneurs de la guerre sans que personne ne réagisse ?

— Hmm. » Il fait mine de réfléchir. « Je me demande ce que je pourrais te donner pour te convaincre d'abandonner cette petite croisade. »

Je retiens le grondement qui me monte dans la gorge. « Rien.

— De l'argent, de l'or, des bijoux...

— Aucune chance.

— Le nom de ceux qui ont assassiné ta famille ? »

Mes muscles se changent en pierre. « Qu'est-ce que tu sais là-dessus ? » Ma voix est rauque.

« Tu serais surpris par tout ce que je sais à ton sujet, Rafe Lightfoot. Je sais que toi et ton frère Lance êtes devenus orphelins à l'adolescence. Je sais que vous voulez vous venger. »

Je suis sous le choc. Il ajoute : « Oh, et félicitations. J'ai appris que ton frère et une humaine vont devenir parents. » Les lèvres de Dieter s'étirent en un lent sourire. Je n'ai jamais rien vu de plus flippant. « Je devrais peut-être leur rendre visite.

— Laisse-le tranquille ! » Mon grondement résonne dans la pièce sans que je puisse me retenir.

« C'est peut-être ça que je te donnerai, dit-il sans perdre son sourire froid. Si tu me laisses tranquille, je vous rendrai la pareille.

— Je ne réagis pas bien aux menaces. » Ma voix est étranglée par la fureur.

« Ça suffit. Je vous ai tolérés un certain temps. Ça te plairait de te réveiller au milieu de la nuit pour accueillir un intrus ? demande-t-il en se penchant vers moi. À quel point votre petit chalet de montagne est-il sûr ?

— Mettez Lance sous surveillance. Tout de suite, dis-je dans mon micro.

— Compris, répond Channing. Mission annulée. On passe te prendre dans trente secondes. »

J'entends un hélicoptère au loin. Ils sont presque arrivés.

J'esquisse un sourire qui dévoile mes dents. À en juger par l'expression de Dieter, mon sourire est aussi perturbant que le sien. « Bon, c'était sympa, mais je dois y aller. » Je fais mine de me tourner vers la fenêtre à ma droite.

Des coups de feu retentissent. Je plonge sur la gauche et arrache le coffre-fort du mur. Du verre se brise au-dessus de moi. Je lève le coffre au-dessus de ma tête pour me protéger de la pluie d'éclats de verre. Dieter pousse un hurlement.

« Quelqu'un a demandé un taxi ? » crie Channing avant de glousser comme un taré. L'hélicoptère vole au-dessus du dôme en verre brisé. En un saut, j'attrape l'échelle qui m'attend, le coffre-fort serré contre mon torse. Channing se trouve juste au-dessus de moi. Nous montons tous deux vers l'hélico. Il remonte l'échelle en un instant, mais le poids du coffre m'entrave.

D'autres coups de feu retentissent dans la nuit. En dessous, Dieter se tient au milieu de son bureau dévasté par les bris de verre. Ses lunettes de soleil sont tombées, et son visage est un masque de rage. Il continue de tirer dans ma direction.

Des balles atteignent leur cible. Je manque de lâcher l'échelle en corde. Du feu se déploie dans tout mon corps, suivi par une supernova de douleur. Je lâche le coffre.

« Merde, non !

— Accroche-toi, sergent ! me crie Lance dans l'oreillette.

— Il est touché ! On y va, on y va ! » hurle Channing à Teddy, notre pilote. L'hélicoptère prend de la hauteur. Des rafales d'air froid m'entourent tandis que nous survolons le lac. Je serre les dents et m'accroche.

« Je te remonte ! » Channing commence à tirer l'échelle à l'intérieur de l'appareil. Ma vue se trouble. Ma conscience surnage faiblement au-dessus de mon corps à l'agonie. Les secondes semblent durer des années. Enfin, Channing m'agrippe les bras. Je ravale un rugissement et remue mes membres glacés pour l'aider à me faire monter dans l'hélico.

Mon corps est étrangement engourdi. Je ne peux que m'écrouler dans l'appareil, à bout de souffle.

« Ce salaud savait qu'on venait », dis-je pendant que Channing m'aide à l'allonger. Il déchire ma combinaison et révèle les blessures par balles sur mon torse. « Il m'a tiré dessus.

— Sans déconner », grommelle-t-il. Il tente d'extraire une balle et écarte la main en criant. « De l'argent ! »

Un brasier me parcourt les côtes. Je ne sens plus mes lèvres. Le poison se propage dans mon corps.

« Merde, dis-je, les dents serrées.

— Merde », confirme Channing en enfilant des gants. La douleur me donne le vertige lorsqu'il commence à fouiller dans ma chair. Il faut extraire les balles, sinon mes capacités de régénération métamorphe ne pourront pas agir. L'argent m'empoisonnera, lentement, mais sûrement.

Après un millénaire d'une douleur insoutenable, Channing a terminé. « Cinq balles », annonce-t-il. Je les entends tinter les unes contre les autres lorsqu'il les fait tomber dans un sachet en plastique.

« Tout est bien qui se termine bien, sergent », dit Lance dans mon oreillette. À son ton stoïque, je devine qu'il est rassuré. « Tu continues le combat.

— Tu l'as dit. » Je m'autorise à me détendre. Ma température grimpe à mesure que la régénération métamorphe agit, mais après quelques minutes, je peux m'asseoir.

Channing me donne une bouteille d'eau. Je le remercie.

« Des balles d'argent, dit-il en secouant la tête. Tu sais ce que ça veut dire. »

Je bois la moitié de la bouteille, puis m'éclabousse le visage et le torse avec le reste. « Ouais. Gabriel Dieter connaît notre secret. » C'est indéniable, le trafiquant d'armes a appris que nous sommes des métamorphes. La question, c'est : comment ?

Chapitre Deux

A *dèle*

Je me tiens sur le trottoir, les mains dans les poches de mon manteau, tandis que je regarde avec mélancolie la devanture de ma boutique de Taos. Les brillantes lettres dorées forment « Le Chocolatier » en une belle écriture incurvée. Je me souviens du jour où le panneau a été accroché, de la fierté que j'ai éprouvée. Du nombre d'heures que j'ai passées à fignoler le logo de ma petite chocolaterie afin qu'il soit parfait.

Maintenant, la vitrine de la chocolaterie est sombre. La police a terminé son enquête à la recherche d'indices sur le meurtre de mon associé, mais je n'ai jamais pu y retourner. Mon propriétaire a posé un verrou sur la porte, puis il en a profité pour saisir tout mon équipement et mon inventaire. Et j'ai découvert que Bing ne payait pas les loyers depuis longtemps. Chaque mois, je rédigeais des chèques pour le propriétaire, mais mon associé les déchirait parce qu'il vidait le compte en banque de l'entreprise.

L'avis d'expulsion collé sur la porte d'entrée me noue le ventre. Je l'ai lu et relu, mais je n'arrive toujours pas à y croire. Je me rends ici chaque matin comme si j'allais travailler, et chaque fois que je tourne à l'angle de la banque, voir ma boutique fermée et vide est un nouveau choc.

Quatre années de travail pour rien. Disparues. Parties en fumée. Qui ne m'ont rapporté qu'un compte bancaire professionnel vide, un tas de factures impayées et une boutique dont la vitrine est couverte de scellés jaunes de police.

Au moins, je ne suis plus suspectée d'avoir commis le meurtre.

« Adèle ! » Quelqu'un m'appelle de l'autre côté de la rue. Sadie Diaz, l'une de mes meilleures amies. Elle me salue et se dirige vers moi. J'espérais ne croiser personne, mais Taos est trop petit pour ça.

Et puis, Sadie est mon amie. Avec elle, c'est à la vie, à la mort. Elle est mignonne comme tout aujourd'hui, avec son caban rouge vif et son écharpe blanche décorée de canards jaunes. L'un de ses élèves pourrait avoir tricoté son bonnet bleu. On tricote, à la maternelle ? Je ne suis pas sûre que des enfants de cinq ans devraient être autorisés à manipuler des aiguilles de tricot, mais je ne suis pas une experte.

Sadie me serre dans ses bras. Je me laisse faire. Elle sent toujours les biscuits au sucre. « Coucou, toi.

— Coucou. Tu te promènes ?

— Je vais acheter des timbres à la poste. Adèle, je suis vraiment désolée, dit-elle en se tournant vers ma boutique avec une expression solennelle.

— Ce n'est rien. » Je carre les épaules et reste impassible, mais Sadie ne se laisse pas duper. La compassion adoucit son regard.

« Tu as eu d'autres informations de la part de la police ? demande-t-elle.

— Non. » J'enfonce mes mains plus profondément dans mes poches et commence à remonter la rue vers le bureau de poste.

Sadie m'emboîte le pas. « Qu'est-ce que tu vas faire ?

— Accepter des contrats de traiteur, dis-je sur un ton léger. Rester occupée. Quand l'enquête criminelle sera terminée, je serai prête à réouvrir. » *Je dois juste dix mille dollars d'arriérés de loyer. Rien de grave.*

Une brise hivernale se lève. Un vieux journal de la ville se soulève sur le trottoir et passe à côté de moi. Je le capture sous ma botte. La une est dédiée à l'histoire tragique de Christopher Ford, surnommé « Bing », assassiné à trente et un ans. Je connais l'article par cœur ; je l'ai lu avant qu'il ne soit publié. Le journaliste m'a citée au deuxième paragraphe : « Christopher Ford était un fils, un frère, un associé et un ami. Il nous manquera beaucoup. » Ainsi qu'au quatrième paragraphe : « En tant que copropriétaire du Chocolatier, je peux confirmer que ni moi ni les employés ne nous doutions que notre entreprise était mêlée à un trafic de drogue. Nous coopérons totalement avec la police. »

Mémé, tu avais raison. Ma grand-mère m'a toujours dit de ne jamais me fier à un homme au point d'en mettre ma main à couper.

Je ramasse le vieux journal, le roule en boule et le jette dans une poubelle.

Sadie m'observe, les sourcils froncés. Je passe mon bras sous le sien.

« Je m'en remettrai.

— Bien sûr que tu t'en remettras. Mais c'est nul.

— Ouais.

— Et on est presque en décembre. Je sais que la chocolaterie marche fort pendant la période des fêtes.

— Ce n'est pas grave, dis-je en secouant la main. Si tout

se passe bien, je pourrai bientôt réouvrir. » Je ne lui dis pas qu'il n'y a presque aucune chance pour que tout se passe bien. Je n'ai pas d'argent, je ne peux plus accéder à ma boutique ni à ma cuisine professionnelle, et je n'ai pas de quoi acheter des ingrédients. La chocolaterie se portait bien. Malheureusement, Bing a détourné le peu de profit que nous faisions.

Je ne l'ai pas dit à mes parents. Ils ont toujours pensé que cette entreprise était vouée à l'échec, et ils meurent d'envie d'avoir raison.

Je souris pour me retenir de serrer les dents, mais Sadie se penche et m'examine. « Tu es sûre ?

— Si le bon Dieu le veut et que le ciel ne nous tombe pas sur la tête. » Même les vieux adages de ma grand-mère ne me remontent pas le moral.

Nous marchons un moment en silence. Lorsque nous passons devant la boulangerie, je salue la propriétaire, Brooke, qui balaie son perron. Elle hoche sèchement la tête avant de rentrer dans sa boutique en hâte. Comme si j'étais un déchet toxique et que mon échec professionnel était contagieux.

Une fois devant la poste, Sadie se tourne vers moi. « Tu sais que tu peux nous demander quoi que ce soit si tu as besoin. N'importe quoi. » Elle déglutit. « Je sais que tu ne me demanderais jamais, mais j'ai de l'argent de côté... »

Oh, Seigneur. Je lève la main pour l'interrompre. « C'est inutile.

— Adèle...

— Je suis sérieuse, Sadie. J'ai des soucis, mais pas à ce point. » Je préfère me rouler nue sur du verre brisé qu'emprunter de l'argent à mes amies.

« J'ai envie d'aider », dit-elle. Sadie est adorable, mais étonnamment têtue. « Nous en avons toutes envie. Tu te souviens quand il te manquait du personnel et que tu as reçu une commande pour deux mille truffes en chocolat blanc fourrées à la crème à la framboise ? Et la veille de la Saint-Valentin, en plus ?

— Bien sûr que je m'en souviens. Toi, Char et Tabitha avez veillé toute la nuit pour m'aider. Et comme je n'avais pas de quoi vous payer, j'ai apporté des blinis à toutes nos soirées du mercredi pendant un an. » Maintenant, je peux préparer des blinis les yeux fermés.

« On a résolu le problème ensemble, dit Sadie avec fermeté. Tu t'es déjà trouvée face à des défis, et tu les as toujours surmontés.

— Ouais... » J'ai l'impression que le vent hivernal s'infiltre dans mon manteau. Sadie a raison. Je me suis toujours battue pour faire survivre mon entreprise. Mais j'en ai assez de lutter. J'ai l'impression de pousser un rocher pour le faire remonter une colline avant qu'il ne redégringole au bas de la pente, encore et encore. Mais au lieu d'un rocher, il s'agit d'une profiterole en béton.

Lorsque je fais part de cette réflexion à Sadie, elle ne rit pas. « Ça pourrait être moins difficile. On a envie de t'aider. Si tu ne veux pas d'argent, alors laisse-nous donner de notre temps. Tu pourras nous le rendre en chocolats.

— D'accord, entendu. Si j'ai besoin d'aide, je vous le ferai savoir. » Je la serre dans mes bras, puis nous nous séparons et je repars dans la direction d'où je suis venue. Je m'arrête devant ma chocolaterie et la contemple. Puis je ferme les yeux et visualise la boutique comme je m'en souviens, les lumières allumées, sans rubans de police, avec un flot continu de clients entrant et sortant par la porte. Le conseil de ma mémé résonne dans ma tête : *crée une image de ce que tu désires et conserve-la précieusement, même dans les moments difficiles. Si tu gardes la foi, ce que tu souhaites se matérialisera.*

« D'accord, Mémé, dis-je tout haut. Je garde la foi. Mais en attendant, il me faut un plan. »

Je tourne le dos à ma boutique sans lui accorder un autre regard. C'est la dernière fois que je viendrai ici avant d'être prête à réouvrir la chocolaterie. J'ai des loyers à payer et je n'ai pas d'argent pour les régler, donc il est temps de ravaler ma fierté et de chercher un emploi pour économiser. Je refuse de perdre cette entreprise et de donner raison à mes parents. Je suis une cheffe professionnelle et une entrepreneuse. Je serais un atout pour n'importe quelle entreprise, si j'arrive à la convaincre de m'engager au milieu de l'hiver. Taos est une ville touristique. À cette époque de l'année, les emplois se font rares.

Je connais bien un restaurant qui embauche. Dommage qu'il appartienne à mon ennemi juré, Rafe Lightfoot. Celui qui est intervenu pour me protéger quand les ennemis de Bing ont essayé de s'en prendre à moi, persuadés que j'avais de la drogue ou de l'argent. Il m'a dit que je ne risque plus rien maintenant que le cartel a assassiné Bing, mais il a insisté pour installer des systèmes de sécurité chez moi et m'a ordonné de m'en servir.

Ce qui est gentil, j'imagine. Bien qu'autoritaire et étouffant. Mais bon, c'est tout Rafe : autoritaire, arrogant, un je-sais-tout. Un ancien militaire — ses plus proches amis le surnomment *sergent*. Il s'imagine qu'il peut donner des ordres à tout le monde. Aucune femme indépendante qui se respecte ne voudrait travailler pour quelqu'un comme lui. Je n'ai aucune envie de me rendre à son restaurant pour demander un emploi. Mais c'est ça ou demander de l'aide à mes amies.

Je soupire et monte dans mon véhicule. Comme dirait Mémé : *personne n'aime manger son chapeau.*

* * *

Rafe

Je sors sur la grande terrasse en bois devant l'ancien hôtel de montagne qui sert désormais de QG et de domicile à ma meute. La lumière directe du soleil de la mi-hiver fait fondre la neige. Je marche avec prudence en évitant les plaques de verglas. J'ai le torse et les pieds nus. Bien que je ne porte qu'un jogging, je ne ressens pas le froid.

Lorsque j'atteins la rambarde, je m'appuie contre le bois et contemple la vue. Nous nous trouvons dans une forêt dense, mais l'ancien propriétaire a construit la terrasse sur un petit promontoire qui surplombe la montagne et la vallée enneigées. Au-dessus de ma tête, le ciel est bleu, sans le moindre nuage.

Mon loup adore la forêt de sapins. Ce paysage l'apaise. Nous sommes en sécurité dans ces montagnes, au fond des bois. Et lors de cette conversation téléphonique, j'ai envie de me rassurer autant que faire se peut.

« Il savait qu'on serait là, dis-je. Dieter était au courant. Il attendait avec une arme spéciale. Quand il m'a tiré dessus, les balles m'ont brûlé. On vous les a envoyées pour les faire analyser, mais on est quasiment sûrs qu'elles sont en argent. »

À l'autre bout du fil, le colonel Johnson garde le silence le temps de digérer cette information. Le vent se lève. Je me détourne pour protéger le téléphone.

« Comment te sens-tu, sergent ? me demande-t-il.

— Ça va. » Je contracte les muscles du dos. Je suis un peu courbaturé, mais je n'ai pas mal. La brise froide est agréable sur ma peau. Les métamorphes ont une meilleure tolérance au froid que les humains. Une température qu'un humain qualifierait de glaciale est plaisante pour un loup. « Dès que Channing a extrait les balles, j'ai pu me régénérer rapidement.

— Tant mieux. » À son ton bourru, je devine qu'il s'est inquiété.

Même si elles sont en argent, ce ne sont pas les balles qui m'intéressent… Je veux découvrir ce que Dieter sait sur ma famille.

Je me demande ce que je pourrais te donner pour te convaincre d'abandonner cette petite croisade. De l'argent, de l'or, des bijoux… Le nom de ceux qui ont assassiné ta famille ?

Comment sait-il ce qui est arrivé à mes parents ? Et, surtout : peut-il vraiment me donner les moyens de me venger ? J'ai passé toute ma vie à chercher ces réponses. Dieter les détient-il ?

« Il est au courant de tout. Il savait qu'on serait là, et il sait que nous sommes des métamorphes. Il sait qui je suis, et même que mes parents ont été assassinés. Des infos ont forcément fuité. »

J'entends un grincement quand Johnson s'adosse dans son fauteuil. Je l'imagine assis dans son bureau faiblement éclairé, dans les profondeurs du Pentagone. Bien qu'il soit l'un des officiers militaires les plus hauts gradés, il a réussi à garder le secret sur sa nature de métamorphe. « C'est ce que je craignais, grogne-t-il. C'est pour ça que je vous ai encouragés à quitter l'armée. Trop de chaînons dans la hiérarchie, trop de mains susceptibles de tomber sur vos dossiers. Trop de personnes qui surveillent les unités.

— Je croyais que c'était pour pouvoir nous assigner des missions clandestines dont l'armée ne pourrait jamais s'occuper, dis-je avec un petit sourire.

— Tais-toi, mon garçon. Les murs ont des oreilles. Laisse-moi voir ce que je peux apprendre sur Dieter. D'après mes sources, il s'est enrichi, ce qui signifie que sa dernière vente d'armes a eu lieu. Nous gardons à l'œil les plateformes d'échange de cryptomonnaie dont il se sert pour les commandes importantes. »

Je grimace. J'ai l'impression que Johnson a l'intention de nous retirer la mission. « Alors, on s'en tient à de la surveillance ?

— Certainement pas. Plus d'opérations tant que nous n'en savons pas plus. »

Un grondement me monte dans la gorge. Mon loup ne supporte pas de rester sans rien faire pendant que Dieter court toujours. Surtout après ce qu'il a dit sur ma famille. « Colonel...

— C'est un ordre. »

Je ne lui rappelle pas que je n'ai plus à lui obéir. Il n'est plus mon supérieur, mais un client.

Comme s'il lisait dans mes pensées, il ajoute : « Garde tes distances. Je suis sérieux, sergent. »

Je montre les dents en regardant le ciel bleu. Provoquer la colère du colonel Johnson en allant à l'encontre de ses ordres ne servirait sans doute à rien. Dieter a les moyens d'engager sa milice privée. Si nous avons réussi à l'approcher la dernière fois, c'est parce qu'il nous a laissés faire. Quelle pensée exaspérante.

« Je sais que tu veux l'éliminer. Personne n'en a plus envie que moi », dit Johnson d'un ton calme.

Je soupire, ce qui crée de la buée dans l'air glacé. « Compris, colonel. » Même si je déteste ça, faire profil bas est le meilleur moyen de protéger ma meute. Je ne la mettrai pas en danger en me lançant dans une mission suicide.

Mieux vaut rester groupés à Taos. Devoir veiller sur les métamorphes de ma meute et leurs fragiles compagnes humaines met déjà mon loup à cran. Non seulement je me sens responsable de Charlie et Sadie, mais aussi de leurs amies proches.

Comme la sublime Adèle. Elle ne fait pas partie de la meute. Ses problèmes devraient me laisser indifférent, pourtant, sans que je comprenne pourquoi, j'ai tout lâché pour lui venir en aide lorsqu'elle a rencontré des ennuis. Je stresse un peu moins depuis que le cartel ne s'intéresse plus à elle. Mais pourquoi m'en souciais-je tant ?

La meute s'agrandit, et ça me fait perdre la tête.

« Tenez-moi au courant, dis-je au colonel.

— Bien sûr. Prends soin de toi, Rafe. »

Je m'étire après avoir raccroché. Les mouvements tirent sur mes muscles, et une légère douleur irradie là où les balles se sont enfoncées dans ma chair. Bientôt, les blessures auront complètement cicatrisé, et il ne me restera plus que le souvenir amer d'avoir rencontré Dieter. Je n'oublierai jamais ce qu'il m'a fait, ni sa menace à l'encontre de mon frère et son enfant à naître. Il ne représente pas seulement un danger pour moi, mais pour tout métamorphe.

Exactement comme ceux qui ont assassiné mes parents.

Tant que Dieter et les meurtriers de ma famille ne seront pas morts, je ne connaîtrai aucun repos. C'est ma seule raison de vivre.

Je m'arrête un instant sur le pas de la porte ouverte du chalet pour laisser entrer l'air frais. Une autre raison me motivait à sortir téléphoner au colonel sur la terrasse : Channing a encore tenté de cuisiner, et la cuisine empeste le brocoli brûlé. L'odeur était assez puissante pour donner des haut-le-cœur à mon loup.

La puanteur s'attarde. Pour un humain, l'odeur serait légère. Pour un métamorphe, c'est comme un coup de poing dans le nez.

Au moment où j'entre, Lance sort de la salle des communications. Il vit désormais avec Charlie, mais quand son loup ne suit pas sa compagne sur sa tournée de factrice, il travaille toujours pour Black Wolf Security.

Mon petit frère me salue du menton, puis il remarque l'odeur de nourriture brûlée. Il se couvre le nez de l'avant-bras.

« Merde, quelle horreur !

— Ce n'est pas si terrible », grommelle Channing.

Lance le pointe du doigt. « Les Nations unies viennent de téléphoner. La prochaine fois que tu cuisineras, tu seras condamné pour crimes de guerre.

— Je témoignerai au procès », renchérit Deke. Son expression reste stoïque, mais le fait qu'il plaisante montre à quel point sa compagne Sadie l'a changé.

Channing leur adresse un doigt d'honneur. « Ha, ha, très drôle. Si vous ne voulez pas me voir dans la cuisine, pourquoi vous ne cuisinez pas, vous ?

— C'était mon tour en cuisine la semaine dernière, dit Deke.

— Ouais, et tu nous as fait manger du bacon et des œufs cinq jours d'affilée.

— Miam, soupire Lance. Un petit-déjeuner pour le dîner. Un petit-dîner !

— Ça ne convient pas à mon loup, dit Channing. J'ai besoin de diversité. Mon palais est très développé.

— La dernière fois qu'on est allés courir, ton loup a

mangé des ordures dans une benne », rétorque Lance. Channing lui saute dessus.

Pendant que Deke le retient, j'aboie avant qu'ils aillent trop loin : « Stop ! Je viens d'avoir le colonel Johnson. »

Les trois soldats perdent leur décontraction et leurs sourires amusés. Ils pivotent pour me faire face.

« Qu'est-ce qu'il a dit ? demande Lance.

— Il continue d'enquêter sur la fuite d'informations. En attendant, nous sommes mis à pied.

— Quoi ? s'exclame la meute comme un seul homme. Et Dieter ?

— On reste sur la touche jusqu'à nouvel ordre. Aucune mission en parallèle. Johnson a été catégorique. »

Channing lâche un juron et donne un coup de pied dans la poubelle de la cuisine. Pas très fort, mais c'est un loup : la boîte métallique est propulsée à l'autre bout de la pièce.

Deke la rattrape. Il fronce les sourcils en découvrant un enfoncement sur le côté.

« Oh, non, Channing ! C'est la troisième ce mois-ci, proteste Lance.

— Désolé. Ça craint. » Avec ses cheveux ébouriffés et son expression contrariée, Channing a tout l'air d'un bambin qui vient de se voir refuser une sucette. Mais je le comprends.

« C'est vrai, ça craint. Moi aussi, j'aimerais qu'on reparte en mission. Qu'on défonce la porte de Dieter pour le placer en état d'arrestation. Mais on ne sait toujours pas pourquoi il avait ces balles d'argent, ni comment il s'en est procuré. Il va falloir prendre notre mal en patience. »

Ils marmonnent, mais je sais qu'ils comprennent. Je m'éclaircis la gorge. « Encore autre chose. On est assignés à résidence à partir de maintenant. Personne n'entre ou ne sort du QG sans mon autorisation. »

Cette nouvelle retient l'attention de Lance. Son loup est plus protecteur que d'habitude parce que sa compagne est enceinte. « Quel est le danger ?

— Dieter a parlé de toi. Et de notre famille, de notre passé. Il m'a demandé si je veux me venger. » Je n'en avais pas encore parlé à mon frère. Il avait déjà assez de soucis lorsqu'il essayait de se réconcilier avec sa compagne.

Lance se retourne et donne un coup de pied dans la poubelle, que Deke vient de poser par terre. Cette fois, elle est projetée dans le couloir avec fracas. Des détritus jonchent le sol, mais le bruit est satisfaisant.

« On doit faire venir nos compagnes ici ? » demande Deke. Tout son corps est crispé. Il a l'air prêt à se précipiter chez Sadie.

« Pas pour l'instant. Si j'ai d'autres infos, vous serez les premiers à le savoir. Pour le moment, prévenez-moi si vous sortez, rien de plus. Restez joignables à tout moment. Et aucun visiteur. Bien sûr, vos compagnes sont toujours bien-venues », dis-je en jetant un coup d'œil à Lance et Deke.

J'ai encore du mal à m'habituer au fait que des membres de notre meute aient une compagne. D'une petite équipe soudée de soldats, nous sommes devenus... quelque chose de très différent. Qui ressemble davantage à une meute. Plutôt comme une famille. Mais mon loup éprouve le besoin de protéger ses membres les plus fragiles, deux humaines et un enfant qui naîtra bientôt, et ça le rend à moitié fou. Merde, et si Lance avait été blessé par les balles d'argent ? Et s'il y était resté ? L'enfant qu'il n'a encore jamais rencontré serait devenu orphelin.

Impensable. Pourtant, je dois y penser afin de prévoir en

fonction de toute éventualité. Il s'agit de mon rôle. Celui d'un alpha.

« Ne torture plus de légumes. Je ramènerai quelque chose du Grill », dis-je à Channing. C'est le principal avantage à posséder un restaurant : pouvoir s'y procurer gratuitement des plats à emporter. Et acheter la viande et la bière au prix de gros.

« Qu'est-ce qu'on mange, demain ? » demande Deke. Il est allé ramasser la poubelle métallique, désormais si abimée qu'elle est inutilisable.

« Je trouverai. » Je lui fais signe de me lancer la poubelle. Lorsqu'il s'exécute, je la rattrape et tords le métal pour former une boule. Ce n'est pas l'utilisation la plus élégante de ma force de métamorphe, mais ça me défoule. J'imagine qu'il s'agit de la tête de Gabriel Dieter.

Quand j'ai terminé, la poubelle n'est plus qu'un enchevêtrement de métal tordu. Elle n'est plus bonne à rien, à part servir de presse-papiers.

« Je pourrais préparer du bacon et des œufs », songe Channing à voix haute.

Je lance la boule métallique en direction de sa tête, mais il l'attrape sans mal. Je le pointe sévèrement du doigt : « Plus de cuisine, soldat. Rien, à part des toasts. C'est un ordre. »

Chapitre Trois

dèle

Je me gare sur le parking du Grill et utilise mon rétroviseur intérieur pour appliquer du gloss. Avec son assurance et son attitude autoritaire, Rafe Lightfoot me tape sur les nerfs, mais je l'ai surpris à me reluquer les soirs où mes copines et moi étions sorties avec ses amis. Quant à moi, j'ai maté son derrière musclé plus d'une fois. Les rares fois où nos regards se sont rencontrés, il y avait de l'électricité dans l'air. On ne se supporte pas, mais le courant passe entre nous. Et si je m'abaisse au point de lui demander un emploi, je ferais tout aussi bien d'utiliser les seules armes qu'il me reste.

Je sors de mon vieux fourgon et m'emmitoufle dans mon écharpe pour me protéger du vent froid qui descend des monts Sangre de Cristo. À l'intérieur du Grill, une blonde d'une vingtaine d'années, au look hippie caractéristique de Taos, m'accueille d'un : « Bienvenue, je suis à vous tout de suite » avant d'entrer dans la cuisine. La clientèle du restaurant commence à peine à arriver ; la moitié des tables sont occupées, et les clients attablés attendent leurs hamburgers-frites.

Argh. Ce n'est vraiment pas le genre d'endroit où je m'imaginais travailler un jour... même si je ne le juge pas. J'adore manger un bon hamburger. Mais Rafe n'a pas besoin d'un chef gastronomique, il a besoin d'un chef de partie. Je ne sais pas pourquoi il a sous-entendu que je pouvais travailler ici.

À moins que cet abruti autoritaire n'ait envie de me donner des ordres, tout simplement.

Ça ne va pas le faire. Lorsque je pivote sur mes bottes à talons vers la sortie, je percute un grand torse musclé.

« Adèle. » Rafe me rattrape par les coudes quand je rebondis contre lui.

Je suis plus troublée que je ne devrais l'être pour un simple accident, mais j'étais déjà stressée à l'idée de demander un emploi à Rafe. Et maintenant que j'ai décidé que, finalement, je ne veux pas du poste, j'ai presque l'impression d'être prise la main dans le sac.

Je réussis à articuler : « Rafe. » *Ne sois pas nerveuse. Imagine-le tout nu.*

Le problème, c'est que j'imagine Rafe nu bien trop souvent.

Il me tient toujours les coudes, beaucoup trop proche de moi. Rafe n'a pas le charme hollywoodien de son frère Lance, qui aura bientôt un enfant avec mon amie Charlie. Avec ses yeux bleus et ses cheveux blonds, Lance est séduisant, décontracté et a le sourire facile. Rafe est tout le contraire. Brun aux yeux noirs, et aucun charme. Certainement pas décontracté. Il dégage une certaine rudesse, une espèce de férocité. Être en sa présence me paraît extrêmement dangereux.

Dangereux, intense et... excitant.

Il est le genre d'homme que l'on préfère avoir comme ami que comme ennemi. La semaine dernière, quand mon associé a été assassiné, que Charlie a été kidnappée et que j'ai été interrogée par la police, j'ai compris précisément à quel point il est utile d'avoir quelqu'un comme lui dans mon camp.

Donc, je me sens déjà redevable envers Rafe.

Ce que je déteste. *Ne te fie jamais à un homme...*

« Je... hum, je m'en allais.

— Vraiment ? Pourtant, on dirait que tu viens d'arriver. » Les sourcils froncés, il m'observe. Il remarque mes bottes à talons. « Tu marches avec ça dans la neige ?

— Oui ? » Pourquoi dirait-on que je pose une question ? Pour une raison que j'ignore, ses sourcils sombres et son air revêche me font perdre mes moyens. Je m'éclaircis la gorge et retente : « Oui, bien sûr.

— Sois plus prudente. Ces bottes ne sont pas adaptées pour la neige. » Et voilà. Le défaut le plus agaçant de Rafe. Il donne des ordres à tout le monde. Son air de sergent instructeur est renforcé par sa tenue habituelle : un pantalon militaire et un Henley gris ou vert kaki. Ainsi que sa façon de se tenir droit comme un piquet et de prendre tout le monde de haut, à la façon d'un général qui inspecte ses troupes et les trouve inadéquates. Je respecte sa carrière militaire. La première fois que je l'ai rencontré, je l'ai remercié pour les services qu'il a rendus à notre pays. Mais il n'a aucune autorité sur moi !

Je suis tentée de le lui dire et de taper du pied comme si j'avais quatre ans, mais ça ne l'encouragera pas à me prendre au sérieux. Et ça ne m'aidera pas à obtenir un emploi.

« Tu attendais quelqu'un ?

— Non. Enfin, si. Euh... » Je secoue la tête. Je suis sur la sellette. J'hésite entre prendre la fuite et le supplier. Aucun de ces choix n'est tentant.

Bien sûr, Rafe ne me facilite pas les choses. Il me lâche les coudes et place les mains sur les hanches, comme si j'avais fait une bêtise et que je devais lui rendre des comptes.

Bon, je me tire. Je ne peux pas travailler pour lui.

« Peu importe. Ce n'est pas grave. Je dois y aller. » J'essaie de passer à côté de lui, mais il fait un pas de côté pour me barrer la route.

« Attends une seconde. Tu voulais me voir ? Il s'est passé quelque chose ? » Il parcourt le restaurant du regard, les yeux plissés, comme pour identifier un coupable mystère qui aurait été désagréable avec moi.

Mince. Je devrais peut-être lui demander de m'embaucher... Après tout, il insiste pour connaître la raison de ma présence.

« Rafe, je... »

Lorsque je prononce son prénom, il tourne brusquement la tête et replonge son regard dans le mien. Je me lèche les lèvres avec nervosité. Il baisse les yeux vers ma bouche, et une expression affamée passe sur ses traits.

Bon Dieu, moi aussi, j'ai faim. Et je ne parle pas de nourriture.

Chaque fois que je suis en présence de ce mec, mon bas-ventre s'éveille. Son grand corps musclé, ses cheveux sombres et ses yeux noirs... Quand je le regarde, il m'est bien trop facile de m'imaginer dans un lit entre ses bras. Il me donnerait sans doute des ordres, aussi autoritaire et dominant dans la chambre que dans la vie.

Et ne serait-ce pas délicieux ?

Non, non, non. Je ne veux pas du tout que Rafe me dise

quoi faire, nu et allongé au-dessus de moi. Ce serait horrible.

Mon Dieu, ma culotte est trempée. Il est temps de remettre cette conversation sur les rails. Je prends un instant pour me souvenir à quel point Rafe m'agace, puis reprends avec un peu plus d'assurance : « Honnêtement ? Je suis venue voir si tu... hum, si tu as toujours besoin d'aide. Tu sais, en cuisine. Je... euh, je ne vais pas pouvoir réouvrir Le Chocolatier tout de suite. »

Rafe se fige, l'air préoccupé.

Sa réaction me surprend. Je ne sais pas à quoi je m'attendais. Qu'il refuse ou me demande de déposer un CV. Au lieu de ça, il me prend la main et me tire sans ménagement à travers la salle de restaurant. « Viens », dit-il d'un ton bourru.

Dès qu'il me touche la main, mon cœur bat à tout rompre. C'est bizarre, n'est-ce pas ? Les patrons ne tiennent pas la main de leurs employés. J'ai tout à coup du mal à réfléchir.

Il me fait entrer dans un bureau au fond de la salle, puis me lâche et ferme la porte. « Enlève ton manteau », dit-il en retirant son bombers en cuir.

Typique de Rafe. Au lieu d'une invitation, il s'agit d'un ordre.

J'ai à moitié envie de le défier, simplement pour lui montrer que ce n'est pas lui qui décide, mais... c'est lui qui décide. Je suis ici pour le supplier de me donner un emploi. Mais le plus inquiétant, c'est que si je veux lui tenir tête quand il me demande d'enlever mon manteau, bon Dieu, comment pourrai-je travailler pour lui ?

Je le laisse le prendre et le poser par-dessus le sien sur le dossier de la chaise. Voyant qu'il reste debout, je fais de même. « Alors, qu'est-ce qui se passe ? » demande-t-il en croisant les bras sur son torse massif.

Je ne sais vraiment pas pourquoi mes tétons durcissent sous mon pull. Il n'est pas sexy. Il est autoritaire et présomptueux. Bien trop mâle alpha.

Bon, d'accord, c'est assez sexy. S'il existait un calendrier des forces d'opérations spéciales, ce qui, bien sûr, n'arrivera jamais, il serait mon mois de décembre. Il ne porte qu'un T-shirt à manches courtes, ce qui me donne une vue magnifique des muscles de ses bras et son torse. Je jette un coup d'œil vers ses abdos. Non, je ne peux pas les voir sous le coton. Dommage.

« Écoute, je ne suis pas venue discuter de mes soucis professionnels avec toi. J'ai besoin d'un emploi, c'est tout. » Ma voix est sans doute un peu trop sèche pour quelqu'un qui demande un service.

« D'accord. » Il hoche la tête en m'observant, mais n'ajoute rien.

« D'accord, tu vas m'embaucher ? »

De nouveau, il acquiesce d'un signe de tête, mais ce dernier n'est pas très convaincant. Je ne suis pas sûre d'aimer sa façon calculatrice de me regarder.

« Mon équipe est complète au Grill, mais nous avons besoin d'un chef à domicile au chalet. » Du pouce, il désigne la direction de la montagne.

Chef à domicile. Au chalet. L'énorme et superbe chalet que Rafe occupe avec ses anciens collègues militaires. Je m'y suis déjà rendue quelques fois parce que Sadie sort avec l'un d'entre eux, Deke. Une chose est sûre : je ne me suis pas demandé où était la chambre de Rafe et s'il dormait à poil.

Un emploi au Grill est une chose ; j'y verrais Rafe de temps en temps, mais il ne serait pas mon supérieur direct.

« Tu as besoin d'un service de traiteur pour une occasion particulière, tu veux dire ? » Ça, ça pourrait me convenir.

« Non, régulièrement. »

Mauvaise idée. Éviter Rafe serait impossible.

J'ouvre la bouche pour refuser, mais il ajoute : « Le salaire est de deux mille cinq cents dollars par semaine, et j'aurais besoin que tu commences tout de suite. »

Je ferme la bouche et baisse mon index levé. Waouh. Je rembourserais rapidement mes dettes avec une somme pareille chaque semaine. Dès la première, je pourrais verser un acompte à mon propriétaire, ce qui devrait le convaincre de me rendre les clés, ou au moins de ne pas vendre mon matériel.

C'est mon tour de croiser les bras. Et pas parce que mes tétons sont durs comme la pierre. « Donc, le poste consiste en... quoi ? Cuisiner pour tes amis et toi ? Combien êtes-vous ? »

Rafe se passe la main sur le visage comme s'il s'agissait d'un sujet sensible. « Entre trois et six personnes, en fonction des jours. Lance emménage chez Charlie, mais ils viennent dîner régulièrement. Et Sadie aussi, bien sûr. »

L'idée de cuisiner pour mes amies me réjouit. Je suis créole. Dans ma culture, cuisiner est une forme d'amour.

« Trois repas par jour ? Ou seulement le déjeuner et le dîner ? »

Rafe réfléchit en me regardant. Ses yeux scintillent, comme s'il adorait l'idée d'avoir une forme de contrôle sur moi.

Ça me donne envie de lui envoyer mon pied dans le tibia. De siffler et cracher comme un chat. Juste avant qu'il me plaque sur ce gros bureau en bois et...

Non. Ça n'arrivera pas. Jamais, au grand jamais.

« Le déjeuner et le dîner, ça suffirait. Tu pourrais venir préparer le dîner tous les soirs et laisser le déjeuner dans le frigo.

— Donc, une fois par jour, préparer des repas à domicile et les servir. Sept jours sur sept ?

— Quatre. Il nous arrive de manger à l'extérieur ou de commander. »

Quatre jours. Ça pourrait peut-être marcher. Si j'arrive à réouvrir Le Chocolatier, je pourrai continuer à travailler pour Rafe jusqu'à ce que je me remette à flot. En planifiant les repas avec soin, je devrais trouver le temps de tout faire.

« Je te rembourserai les matières premières, bien sûr. Tu peux commander pas mal de choses par l'intermédiaire du Grill.

— Entendu », dis-je en lui tendant la main.

Le lent sourire de Rafe est animal. Il prend son temps pour me saisir la main. Lorsqu'il la serre dans la sienne, de l'électricité me parcourt la colonne vertébrale.

« Quand peux-tu commencer ? » Il me lâche et appuie son épaule contre le mur, tout à coup plus détendu. « Je suis là parce que Channing a brûlé notre dîner ce soir. Notre chalet empeste. J'ai découvert que le brocoli pue encore plus quand il est carbonisé. »

Je ris malgré moi, en partie parce que je suis surprise d'entendre Rafe dire quelque chose de léger, même si je ne le connais pas très bien.

Inutile d'attendre. J'ai besoin de cet argent. Terriblement. « Demain ?

— Parfait.

— Donne-moi ton portable, je vais enregistrer mon numéro.

— Oh, je l'ai. Je l'ai l'enregistré quand Charlie avait des ennuis, ajoute-t-il en me voyant froncer les sourcils.

— Hmpf. » Je suis à la fois agacée et flattée que Rafe Lightfoot ait mon numéro. Sincèrement, je ne pensais pas que j'occupais assez de place dans ses pensées pour ça. Mais bon, ça colle avec sa personnalité. Il aime avoir le contrôle sur tout.

« Y a-t-il des choses que je dois savoir ? Vous avez des allergies ? Vos préférences, des aliments que vous n'aimez pas ?

— On est carnivores à cent pour cent. On n'aime pas les plats végétariens. Il nous arrive de manger du brocoli quand il n'est pas brûlé, mais on a besoin de viande.

— Vous avez besoin de viande. » Mon ton est dubitatif. Je ne suis pas végétarienne non plus, mais la production de viande est en train de détruire la planète. Est-il vraiment nécessaire d'en consommer à chaque repas ? Enfin, peu importe, c'est lui le patron.

Oh, mon Dieu.

Rafe Lightfoot est mon patron.

Qu'est-ce qui m'a pris ?

* * *

Rafe

J'admire la silhouette fine d'Adèle, moulée dans sa robe, tandis que je la suis hors de mon bureau. Elle se déplace avec une grâce féline. D'ailleurs, cette femme a quelque chose de très félin ; c'est sans doute pour cette raison que nous avons du mal à nous entendre.

Mon loup souhaite la dominer, et elle est prête à me griffer le nez.

En vérité, l'idée que la belle et fougueuse Adèle Fabre

travaille pour moi me plaît beaucoup trop. Cette cheffe au caractère bien trempé est à l'opposé de mon genre de femme. Même si je n'ai pas vraiment de genre. Ni de temps pour les femmes. Et selon mes propres règles, fréquenter des civils — c'est-à-dire des humains — est censé être interdit.

De toute évidence, Deke et mon petit frère n'ont pas respecté cette règle : ils viennent tous deux de s'unir à des humaines. Des amies d'Adèle.

Depuis ce qui est arrivé à son associé et à sa chocolaterie le mois dernier, je m'inquiète à son sujet. Les coupables du meurtre de Bing n'ont pas été arrêtés par la police, mais il s'agissait sans doute du cartel de drogue à qui il devait de l'argent. Maintenant qu'il est mort, Adèle ne devrait plus courir de risque, pourtant je ne suis pas tranquille. J'aimerais l'aider à surmonter les difficultés qu'elle rencontre.

J'ai vu l'avis d'expulsion placardé sur la porte de sa boutique, ainsi que les chaînes autour des poignées. Même si elle ne le montrerait jamais, je suis sûr que ça la ronge.

Cette femme est fière. Terriblement. C'est pour ça que je ne lui ai pas proposé d'aide ou de prêt. À la place, j'ai improvisé et inventé ce poste de cheffe à domicile. J'ai essayé de deviner de combien elle a besoin, tout en estimant combien je pouvais lui proposer pour que l'offre reste plausible et qu'elle ne soupçonne rien. Si elle avait eu l'impression qu'il s'agissait d'un acte de charité, je suis sûr qu'elle m'aurait insulté et aurait pris la porte.

Elle me précède pour traverser le Grill. La première chose que j'ai remarquée à propos d'Adèle, mis à part son parfum exquis et ses courbes sous ses tenues élégantes, c'est qu'elle est une leadeuse née. Elle est toujours là pour ses amies, les réconforte et se comporte comme une mère poule avec elles. Elle le fait de façon si subtile qu'elles ne s'en rendent pas toujours compte. Mais moi, si. Parce que j'agis naturellement de cette façon envers ma meute, moi aussi. C'est un besoin d'alpha : diriger, protéger. Dominer tous les autres.

C'est pour ça qu'avoir deux alphas dans la même pièce n'est jamais une bonne idée. Nous nous affronterions pour déterminer qui a le dessus, et cette lutte de pouvoir pourrait occasionner des blessés. J'accepte d'obéir à quelques personnes, entre autres le colonel Johnson, mais jamais à un humain.

Adèle est humaine. Peu importe combien de fois elle essaiera, elle ne peut remporter un affrontement contre moi.

Comme si elle sentait ma présence dans son dos, elle se retourne. Ses yeux noisette étincellent. « Tu me suis ?

— Tu as oublié ton manteau. »

Elle tend la main pour le prendre. J'émets un son réprobateur. Un instant passe, chacun soutenant le regard de l'autre, refusant de baisser les yeux en premier.

Une fois encore, je l'emporte. Ses joues brunes s'empourprent, mais elle se tourne et me laisse l'aider à enfiler son manteau. Je suis l'incarnation des bonnes manières. Je dois faire semblant d'être un humain poli. Seul cet apparent comportement civilisé retient mon loup de la soulever et de la ramener dans mon bureau, où je pourrai la déshabiller et me délecter de son odeur.

Faute de mieux, je prends mon temps pour replacer le col de son manteau, puis pour le boutonner. Réchauffé par sa colère, son parfum est plus délicieux que jamais. Recevoir des ordres de ma part doit être une torture pour elle.

Être en sa présence sans pouvoir toucher sa peau douce est une torture pour moi. Je regarde ses longs cils sombres et ses joues rosies. Une boucle brune s'est échappée de son chignon soigné. Lorsque je fais un geste pour la replacer derrière son oreille, elle recule pour se mettre hors de portée.

Mon loup s'agite, prêt à se mettre en chasse. *Du calme, mon grand.*

Merde, elle est éblouissante quand elle est en colère. « Merci, lâche-t-elle entre ses dents.

— De rien. » Comme si je ne venais pas de la forcer à se soumettre. Une main près du creux de son dos, je la guide à travers le restaurant sans la toucher. Sa silhouette attire le regard d'un barman. Je fais appel à tout mon sang-froid pour ne pas bondir par-dessus les tables et lui casser la gueule. Je me contente de le foudroyer de mon regard d'alpha. Dès qu'il me remarque, il déglutit et baisse la tête. Ne serait-ce que de façon inconsciente, les humains reconnaissent un prédateur dominant.

J'allonge le pas pour atteindre la sortie avant Adèle et lui ouvre la porte.

« Et toi ? Tu n'as pas de manteau, dit-elle en passant à côté de moi.

— J'aime le froid. » Il calmera peut-être mon érection.

Je pense à du baseball, mais ces pensées ne font pas le poids face à Adèle. Elle descend les marches en hâte malgré ses bottes à talons brunes, comme si elle était pressée de s'éloigner de moi. Un nuage d'agacement à l'odeur poivrée l'entoure. Mon sexe est prêt à s'échapper de mon pantalon.

Qu'ai-je fait ? Adèle vient de devenir ma cheffe à domicile. Donc, elle fera partie de ma vie, sera dans mon chalet, au cœur de mon territoire. Ses mains prépareront mes repas. Sa foutue odeur s'insinuera partout et me rendra dingue. Et je ne peux rien faire : en plus d'être humaine, elle est à présent mon employée.

Quel enfer.

Chapitre Quatre

L*'étranger*

Il erre dans sa vaste forteresse, admirant ses innombrables trésors exposés. Un tableau de Vermeer. Un vase Ming à la valeur inestimable. Un manuscrit original du poème de Keats Ode sur une urne grecque, niché parmi une multitude d'urnes grecques.

Le château est bien plus imposant que son ancienne demeure, mais il s'est surpris à se sentir nostalgique de celle-ci, où son trésor était entreposé en piles deçà delà, et où il dormait parmi des montagnes d'or poli. Tel Ali Baba dans la caverne ; à la différence qu'il n'est point un voleur entre les voleurs. Il est un roi, et on lui rend hommage en tant que tel.

Il a toujours été solitaire. Cette existence lui convenait, tant qu'il avait des trésors et une armée lui obéissant au doigt et à l'œil. Mais à présent, il désire quelque chose de plus.

Non pas de l'argent ou des pierres précieuses. Quelque chose de plus inestimable. Quelque chose de plus rare.

Il a appris une chose au cours de sa longue, longue vie : la richesse et le pouvoir n'ont aucune valeur sans quelqu'un pour les partager. Sans celle qui donnera un sens à sa vie. Une femelle. La sienne.

Elle est là, quelque part. Il a lancé une armée de limiers à sa recherche. Comment appelle-t-on ces chasseurs des temps modernes ? Des hackeurs ? Tous cherchent la femelle qui a éveillé la bête endormie et fait battre son cœur de nouveau.

Lorsqu'il la trouvera, le moment viendra de lui faire la cour. Il la séduira à la façon des siens : par un étalage de richesse, de pouvoir et de majesté comme seul un être tel que lui en est capable.

Il la trouvera.

Mais en attendant, il a besoin d'un passe-temps. D'une distraction.

Un dossier attend sur son bureau, celui de Rafe Lightfoot. L'ancien sergent qui s'intéresse d'un peu trop près à ses affaires professionnelles. Dans un monde où il n'a aucun égal, Lightfoot est ce qui se rapproche le plus d'un adversaire. Un ennemi qui détient presque autant de secrets que lui.

Il serait amusant d'infiltrer le monde de Lightfoot. De jouer avec sa meute. Tout en lisant le compte-rendu, il gratte distraitement une croix sur le visage du bon sergent. Félicitations, loup alpha. Je t'accorde mon attention.

Que la chasse commence.

* * *

Rafe

· · ·

La journée de travail d'Adèle n'a commencé que depuis cinq heures, et c'est pire que ce que j'imaginais.

Son odeur est arrivée d'abord. Elle s'est infiltrée dans mon bureau, s'est enroulée autour de mon fauteuil et a empli mon espace. Douce et subtile, avec une tonalité épicée. Mon bureau ne dispose d'aucune fenêtre — il peut être converti en chambre forte. Son parfum ne peut s'échapper nulle part. Je ne peux que le respirer, chaque inspiration plus décadente que la précédente.

Le murmure de sa voix et son rire sont venus ensuite. Le son est bas et un peu rauque. Et avec lui est arrivée l'invasion finale : l'image du visage en forme de cœur d'Adèle, qui a fait disparaître toutes mes autres pensées. Il est si facile de l'imaginer entrer dans mon bureau en se déhanchant, s'infiltrer dans mon espace. Elle porte une tenue élégante, comme d'habitude, une jupe ou une robe, quelque chose de facile à soulever et remonter. Ses douces boucles sombres autour de son visage. Sa brillante peau brune, ses longs cils et ses yeux incroyables. Elle a un visage parfait. Comment fait-elle pour avoir l'air si parfaite tout le temps ? Elle travaille si dur.

Elle a apporté le déjeuner — une espèce de sandwich italien appelé *muffuletta*. Un pain rond qu'elle a préparé elle-même et garni d'une dizaine de couches de viande. Succulent. Tapi dans mon bureau, je fais mine d'être occupé, mais en réalité, j'évite la cuisine. Deke m'a apporté mon repas sur une assiette décorée d'un peu de persil. Il avait l'odeur d'Adèle.

Je l'ai dévoré. Putain, c'était bien la première fois que je mangeais du persil. *Je ne regrette rien.*

Adèle cuisine toujours. Elle est dans la cuisine depuis des heures, et mon loup pète un câble. Il aimerait que je sorte du bureau, que j'aille trouver Adèle et que je la marque.

Aucune chance.

Pourquoi est-ce que je fantasme sur le fait de marquer une humaine d'une morsure ? C'est déjà assez problématique que Lance et Deke se soient unis à leurs compagnes. Plus la meute s'agrandit, plus protéger tous ses membres devient difficile.

La feuille blanche sur mon bureau en bois devient floue pendant un instant. *Une cabane dans les bois, la porte entrouverte. Mes parents étendus sur le sol, immobiles, entourés de violentes éclaboussures rouges.*

Un bruit de déchirure me ramène au moment présent. J'ai déchiqueté la feuille blanche sur mon bureau.

Je prends mon portable pour envoyer un message à Lance, puis je retiens mon souffle jusqu'à ce qu'il réponde. Il va bien, sa compagne va bien. Le bébé va bien.

Toutes ces vies à protéger me font perdre la raison.

Je jette les bandelettes de papier et consulte de nouveau mes messages. Le colonel Johnson m'a interdit de le contacter avant qu'il ne le fasse. Moins nous communiquons, mieux c'est. Je ne voudrais pas donner à nos ennemis l'occasion d'écouter nos conversations ou de nous localiser.

Nous avions quelques missions de sécurité prévues dans la région, mais j'ai annulé nos engagements et j'attends qu'on nous donne le feu vert pour traquer Dieter. En somme, c'est l'hiver, et il n'y a pas grand-chose à faire.

J'allume l'ordinateur et paie quelques factures. *Reste concentré.* C'est ce que je dois faire.

Un autre rire me parvient à travers la porte. Cette fois, c'est Channing. Aux premières odeurs de nourriture, il a établi ses quartiers dans la cuisine. Même Deke a trouvé une raison pour traîner dans les parages. Tout l'après-midi, ils ont discuté et plaisanté avec Adèle pour la mettre à l'aise. Ce qui ne devrait pas me déranger... mais ça me dérange.

Channing a intérêt à ne pas flirter avec Adèle. Je l'imagine en train de lui sourire comme un débile, de s'approcher de son petit corps pulpeux...

Le stylo se brise entre mes doigts et projette de l'encre partout. *Merde.* J'éponge l'écran de l'ordinateur avec ma manche. Une fois qu'il est propre, j'enlève mon Henley taché et le jette dans le coin de la pièce.

J'entends un grincement dans le couloir, puis Deke passe la tête dans le bureau. « Ça va, sergent ? »

Je réponds d'un grognement. Il hoche la tête, comme si me voir assis à mon bureau torse nu en faisant la gueule n'avait rien d'extraordinaire. « Adèle nous a envoyés nous laver les mains. Le dîner sera bientôt prêt. »

J'acquiesce de la tête pour qu'il s'en aille. Après son départ, je reste assis un moment pour essayer de retrouver mon calme. Je suis à demi nu. Je pourrais si facilement courir dans la cuisine pour jeter Adèle sur mon épaule sous les yeux de Channing...

Ça ne peut pas arriver.

Je sors un Henley propre d'un tiroir du bureau. Je garde toujours quelques tenues de rechange sous la main. Les métamorphes détruisent énormément de vêtements.

Je ferais mieux de ne pas assister à ce dîner, mais j'ai le ventre qui gargouille. Depuis plus d'une heure, l'odeur épicée du plat qui mijote sur le feu flotte dans le chalet.

Tout se passera bien. Ce n'est pas comme si j'avais envie de m'unir à cette femme. Toutefois, elle a quelque chose qui fait perdre la tête à mon loup. Il a envie que je la pourchasse, la revendique. Que je la mette dans mon lit, ou quelque chose du genre. Il ne s'était encore jamais comporté ainsi.

Depuis que j'ai vu Adèle, je lutte contre le désir d'être près d'elle. Je n'ai aucune raison d'être fasciné, mais je le suis. Certes, elle est très élégante, mais elle est minuscule. Elle m'arrive à peine au menton. Elle est humaine. Fragile. Et pourtant, elle me tient tête comme une louve alpha. Elle remet constamment mon autorité en question et n'hésite pas à me regarder dans les yeux. Elle soutient mon regard plus longtemps que n'importe quel autre humain.

Ça perturbe mon loup, et moi, ça me rend dur comme la pierre. Je me suis déjà masturbé en pensant à elle hier soir. Et maintenant, elle est là où je la veux, sous mon toit. La prendre dans mes bras et la porter jusqu'à ma chambre serait si facile...

Non. Je m'écarte du bureau. Je ne faiblirai pas. Je serai irréprochable.

Je pourrais peut-être aller courir avant de m'asseoir à table, où je devrai voir Adèle sourire au reste de la meute...

« Le dîner est presque prêt ! crie-t-elle. Tout le monde à table ! »

Une minute plus tard, je suis assis en bout de table, entouré de Deke et Channing. Adèle est en face de moi.

Il est important que les membres d'une meute partagent régulièrement des repas. Une meute est une famille, et les loups qui la composent sont plus proches que des frères. Aujourd'hui, nous ne sommes que trois, mais trois métamorphes ont autant d'appétit qu'un régiment. Si Adèle ne l'avait pas encore compris, ce sera le cas d'ici la fin de ce dîner.

Un tablier protège sa tenue élégante, une robe à pois. Juchée sur des talons hauts, elle a l'air d'une femme au foyer sexy des années 1950.

« Encore un petit instant », dit-elle. Penchée devant la gazinière, elle touille le contenu de la plus grosse marmite que j'aie jamais vue à l'aide d'une louche.

« Prends tout le temps qu'il te faut, dit Channing. L'attente en vaudra la peine. »

Lèche-bottes.

Il baisse le nez sur son assiette lorsqu'il remarque mon regard noir. En face de lui, Deke garde le silence en fixant lui aussi son assiette vide. J'ai l'impression d'être le patriarche sévère de la famille la plus tarée qui soit.

Adèle ne remarque pas le silence soudain qui s'est abattu. « Je vous l'ai dit, vous n'aviez pas besoin de mettre une assiette pour moi. » Une sombre mèche bouclée lui tombe devant les yeux. Elle la replace derrière l'oreille, puis goûte le plat dans la louche et lèche ses belles lèvres.

Ça y est, j'ai une gaule d'enfer. Je remue sur la chaise, mais rien n'atténue mon malaise. « Tu dois manger », dis-je d'un ton sec. Je dois me surveiller. Adèle va me prendre pour un connard.

Bien sûr, c'est sans doute déjà le cas.

Elle fait comme si je n'avais rien dit. « Je voulais savoir, où avez-vous trouvé cette jolie sculpture ? demande-t-elle en montrant la poubelle métallique ratatinée que Channing a posée sur la table basse. On dirait de la ferronnerie d'art.

— C'est une œuvre de Rafe. » Channing sourit, ce qui fait apparaître sa fossette.

Adèle me regarde avec une expression exagérément surprise, les yeux écarquillés. « C'est vrai ? Je n'aurais pas deviné que tu possédais un tel talent artistique.

— Seulement quand il est vraiment en colère, dit Channing.

— Channing..., marmonne Deke sur un ton d'avertissement.

— Ce n'est rien. Peu de gens le savent », dis-je en un grognement. Peu de gens savent que ma force de métamorphe me permet de froisser une poubelle en métal en boule comme s'il s'agissait d'un sac en papier.

« Fascinant », s'extasie-t-elle en feignant l'enthousiasme. Elle a peut-être remarqué le silence gêné et tente de le combler. C'est son premier jour de travail. « Je n'avais encore jamais vu une sculpture en métal pareille. La technique est très intéressante. J'adorerais voir ton atelier.

— On te montrera tout ce que tu veux. » Tout sourire, Channing hoche la tête en balançant ses jambes sous la table comme s'il avait cinq ans.

« Merci, Channing, lui répond Adèle avec un petit sourire.

— Sergent... » Le murmure de Deke me fait prendre conscience que je serre la fourchette si fort que je l'ai tordue. Je la redresse rapidement avant qu'Adèle ne vienne se mettre à table.

Elle apporte un plat de riz et un plateau de pain au maïs maison. « Et voilà. Servez-vous, les haricots rouges arrivent. » Elle repart chercher la grosse marmite dans la cuisine.

« Je n'ai jamais vu une si grosse marmite. Laisse-moi t'aider », dit Channing en se levant. Le faitout a beau être gigantesque, un métamorphe n'a besoin que d'une fraction de sa force pour le soulever. Pourtant, Adèle réagit comme s'il venait de trouver un remède au cancer.

« Oh, merci ! »

Channing se rassied, sa sale tronche fendue d'un large sourire. J'ai envie de donner un coup de poing dans la fossette de son menton. Pourquoi les femmes le trouvent-elles si attirant ? Merde, je ne capte pas.

« Mangez », dis-je, presque comme un ordre. Peut-être que Channing la fermera s'il a la bouche pleine.

Je me sers une tranche de pain au maïs, mais personne

d'autre ne bouge. Je lève la tête. Les deux membres de ma meute attendent poliment en regardant Adèle comme si elle était leur alpha.

« Oh, je vous en prie, dit-elle en secouant la main. Ne vous gênez pas pour moi. On ne se souvient pas tous des bonnes manières quand on a faim. » Elle m'adresse un sourire mielleux. Je desserre les doigts autour de la fourchette, sinon je vais de nouveau la tordre.

Adèle fait le tour de la table pour servir les haricots rouges à la sauce épicée sur notre riz. Lorsqu'elle me sert, je m'écarte et détourne la tête pour éviter de recevoir une vague de son parfum. Mon loup a envie de l'attraper et de l'allonger sur la table. Je pourrais me régaler d'elle durant des heures...

Heureusement, elle s'éloigne avant que je ne craque et la touche.

À cran, le sexe palpitant dans mon jean, je regarde mon assiette en fronçant les sourcils. « Qu'est-ce que c'est ?

— Des haricots rouges », répond Adèle par-dessus son épaule.

J'en goûte une bouchée. Délicieux. L'odeur des épices s'attardera des jours dans le chalet et me rendra fou en me rappelant Adèle.

Parce que je suis un enfoiré, je déclare : « Je croyais t'avoir dit de nous préparer de la viande.

— Il y a de la viande. Plein de saucisses.

— Miam », commente Channing comme s'il avait cinq ans.

Adèle rayonne comme s'il venait de lui faire un compliment. « Je sais que tu as dit que vous aimez la viande, mais j'ai eu envie de vous faire goûter autre chose. De développer un peu votre palais, dit-elle avec un sourire espiègle. Je peux vous préparer plusieurs entrées vegan, si vous voulez...

— C'est hors de question. » Je pose la fourchette en un tintement métallique. Adèle n'est pas l'alpha ici. C'est moi. « Je t'ai dit de nous servir de la viande. De la viande rouge. Par exemple, du steak et des pommes de terre, sans les pommes de terre.

— C'est noté, dit-elle sur un ton aussi glacé que la bise hivernale. Tu n'aimes pas les haricots rouges, j'imagine ?

— Ce n'est pas de la viande. » Je hausse les épaules.

Il ne s'agit pas d'une insulte, mais elle le prend ainsi. Ses yeux lancent des éclairs. Elle est si sublime que j'en ai le souffle coupé. Elle montre les dents à la manière d'un loup avant de lâcher : « C'est la recette de ma mémé.

— Ouais, sergent, c'est la recette de sa mémé. Où est le problème ? » demande Channing, la bouche pleine de haricots rouges.

J'ai envie de lui écrabouiller le crâne comme je l'ai fait avec la poubelle. Mais Adèle se place en face de moi, me bloquant la vue.

« Tu veux de la viande ? Très bien. » Avant que je comprenne ce qui se passe, elle se penche et prend mon assiette. Elle part la vider dans la nouvelle poubelle de la cuisine.

Tout le monde se fige autour de la table.

Adèle gagne le réfrigérateur d'un pas vif et en ouvre la porte. Elle revient avec une assiette qu'elle pose devant moi d'un geste brusque. Elle contient une pile de saucisses à hot-dog bouillies. Du moins, il me semble qu'elles l'ont été. À peine sorties du réfrigérateur, elles sont froides. « Je les ai préparées spécialement pour toi. Du ketchup ? » Elle soulève une énorme bouteille.

Je la regarde droit dans les yeux. Elle ne remportera pas cette manche. « Oui, s'il te plaît. »

Elle asperge la montagne de saucisses de ketchup. Le

résultat est atroce, mais le sourcil haussé d'Adèle constitue un défi suffisant. Je ne peux pas me défiler.

Je plante la fourchette dans la première saucisse, la porte à ma bouche et commence à mâcher comme si c'était délicieux. La première bouchée me reste en travers de la gorge. Je dois boire de l'eau pour l'avaler, mais elle finit par descendre. Un nœud dur et froid qui a le goût de fierté malmenée.

Adèle reste devant moi, le poing sur la hanche. Ses yeux verts sont glacés. « Alors ?

— Miam, dis-je en levant une deuxième terrible fourchetée.

— Bien. Contente d'avoir réussi à te satisfaire. » Elle repart dans la cuisine d'une démarche théâtrale.

Deke est secoué par une quinte de toux qui ressemble beaucoup à un rire étranglé, mais quand je le foudroie du regard, il est concentré sur son assiette, son expression neutre.

Channing brise le silence gêné. « En tout cas, moi, j'adore ces haricots rouges. Je mangerai la part de Rafe.

— Oh, il y en a encore plein. » Le ton d'Adèle est de nouveau chaleureux.

L'assiette à la main, Channing commence à se lever, mais elle lui fait signe de se rasseoir.

« Tu n'es pas obligée de nous servir, tu sais, dit-il avant que je puisse le faire, trop occupé à tenter d'avaler une autre bouchée de saucisse.

— Oh, c'est le plus amusant, répond-elle en lui servant une portion de haricots. Quand on cuisine, la meilleure partie, c'est de voir que ses plats sont appréciés. D'où je viens, la cuisine est une forme d'amour. » Elle sourit. À Channing.

Et il lui rend son sourire.

Je ne dois qu'à des années de self-control de retenir mon loup de bondir par-dessus la table pour démolir Channing.

« En patrouille. Tout de suite », lui dis-je sèchement en posant mes couverts.

Il baisse un regard triste sur son assiette pleine, mais il repousse sa chaise et quitte la pièce sans un mot. Il sait que je suis à deux doigts de craquer.

Ce qui ne m'arrive jamais. Putain, qu'est-ce qui ne tourne pas rond chez moi ?

Je me retourne en entendant le soupir exaspéré d'Adèle. Après avoir recouvert l'assiette de Channing de papier aluminium, elle va la placer dans le réfrigérateur, où son repas l'attendra à son retour. Ses talons claquent assez fort pour créer des étincelles sur le sol.

« Mademoiselle Fabre, je peux vous dire un mot dans mon bureau ?

— Certainement. » Sa voix est si sirupeuse que je sais qu'elle est furieuse contre moi. Elle se retourne et se dirige vers mon bureau sans se presser en se déhanchant. L'effort que je dois fournir pour empêcher mon loup de lui donner la chasse me contracte tout le corps.

Dès qu'elle disparaît, je m'étire tranquillement et fais craquer ma colonne vertébrale. Mon loup me croit en chasse, et ma proie est acculée dans mon bureau.

Je dois me reprendre.

Deke termine ses haricots rouges avec son dernier morceau de pain au maïs. « Eh ben, c'était marrant.

— En patrouille, toi aussi.

— Ouais, je m'en doutais. » Il se lève et vide son assiette dans la poubelle avant de la placer dans le lave-vaisselle. « Retrouve le contrôle avant d'aller lui parler.

— Je me contrôle toujours. » Mon grondement résonne dans la cuisine.

« Mais bien sûr. » Deke ramasse la nouvelle poubelle, puis me la donne lorsqu'il passe à côté de moi sur le chemin de la porte. « Tiens. Tu peux faire une autre sculpture pendant que tu attends que ton loup se calme. »

* * *

Adèle

Le bureau de Rafe est une petite pièce sans fenêtre ni la moindre distraction, pour permettre une concentration totale. Propre. Frugale. Pragmatique. Comme l'homme lui-même. Il n'y a qu'un ordinateur portable et un porte-stylo vide sur le grand bureau en bois. Un vêtement en boule dans le coin de la pièce constitue le seul élément de désordre. Je le touche de la pointe de la chaussure. Un Henley déchiré.

À mon arrivée tout à l'heure, quand Channing m'a rapidement fait visiter le chalet, il m'a prévenue que « le sergent a ordonné que personne ne le dérange. » Comme à n'importe quel ordre de Rafe, j'ai eu envie d'y désobéir sur-le-champ. J'ai été tentée de passer la tête dans le bureau pour le saluer. De faire mine de m'incruster. D'envahir son espace comme il a envahi mon esprit.

Une employée et son patron. Un patron et son employée. C'est tout ce que Rafe et moi sommes l'un pour l'autre.

Et je ne me comporte pas comme une bonne employée. Je savais que j'allais trop loin avec les haricots rouges et les commentaires sur l'alimentation vegan. On dirait presque que je cherche à le mettre en colère. À l'asticoter. Comme pour le voir perdre le contrôle ?

Non, non, je n'en ai pas envie. Il est temps que je cesse ce petit jeu et que je remplisse mes devoirs professionnels. J'aurais déjà épaté n'importe quel autre employeur. À la place, j'ai testé les limites de Rafe, je l'ai agacé et je lui ai servi des saucisses froides.

On n'attrape pas les mouches avec du vinaigre, avait coutume de dire ma grand-mère. Mais Rafe n'est pas une mouche, c'est un homme musclé, malpoli et sublime, avec une peau bronzée et de grandes mains rugueuses que j'aimerais sentir sur ma peau.

Sauf que... non. Je n'en ai pas envie. J'ai envie de lui mettre une claque.

« Tu veux de la viande, je vais t'en donner, dis-je entre mes dents en faisant les cent pas devant son bureau. Je vais préparer un *turducken*, tu pourras t'étouffer avec.

— Qu'est-ce que c'est, un *turducken* ? » Je glapis et me retourne. Rafe se tient à la porte, ses épaules musclées touchant presque le cadre. Il se déplace silencieusement, pour un mec aussi massif.

« Une spécialité créole, dis-je en tentant de faire ralentir mon cœur. Un canard désossé farci d'un poulet désossé. Et ensuite, on en farcit une dinde. » J'ajoute en silence : *ou toi*.

Rafe rejoint son bureau. À sa manière de me regarder, j'ai l'impression qu'il a entendu mon dernier commentaire. « Donc, je suis la dinde ?

— Si le canard rentre », dis-je, mielleuse.

Il tourne la tête et déplace légèrement l'ordinateur sur le bureau, même s'il était déjà parfaitement en place. Est-ce une ride que je vois sur sa joue ? Est-il en train de sourire ?

Aime-t-il autant que moi quand nous nous chamaillons ? Je suis émoustillée, mes tétons des pointes dures sous mon soutien-gorge en satin et en dentelle rose.

Je m'aperçois que je me tiens devant son bureau, les

mains jointes, comme si j'étais une élève convoquée chez le proviseur. Je déplace mes mains sur mes hanches et tente de retrouver ma colère. Abandonnant tout semblant de douceur, je demande : « Mince, qu'est-ce qui vient de se passer ? Je sais que tu es malpoli, mais ça dépasse les bornes. Tu ne les as même pas laissés terminer mon repas.

— À t'entendre, on dirait qu'il s'agit d'un péché capital.

— C'en est un. »

Rafe continue de faire semblant de ranger son bureau. S'il espère compter jusqu'à dix pour nous laisser le temps de nous calmer, il va être déçu. Lorsqu'il lève la tête, je lui adresse un regard assassin.

Son beau visage n'a absolument aucun effet sur moi. Pas le moindre.

Il plisse les yeux, puis contourne le bureau. Je dois lever la tête pour continuer à le foudroyer du regard, mais je ne recule pas.

Une fois devant moi, il croise les bras et s'appuie contre le bureau. Même à moitié assis, il est assez grand pour me dépasser. « Nous avons pour politique de ne pas fraterniser dans l'entreprise. Quand j'ai vu Channing flirter avec toi, je me suis dit que vous aviez besoin qu'on vous le rappelle. »

Pardon ? Je lève l'index. « Pardon, mais le problème ne vient pas de Channing. »

Il blêmit, et son expression devient effrayante pendant une seconde. « Tu veux dire que c'est toi qui flirtais...

— Mais non ! Ni lui ni moi. Je dis que c'est toi, dis-je en le pointant du doigt. C'est toi qui as un problème, et on doit le régler. Tout de suite. »

* * *

Rafe

. . .

Son index reste tendu entre nous. Elle ne se trouve qu'à quelques centimètres. Dans mon petit bureau sombre, son odeur décadente s'enroule autour de moi comme des cordes de velours. Elle sent la vanille, avec des notes sous-jacentes de caramel, de cannelle et d'un peu de poivre de Cayenne. Il y a peu de lumière dans mon bureau puisqu'il s'agit d'une pièce sécurisée sans fenêtre, mais la luminosité vive de la lampe de bureau suffit pour éclairer son visage parfait. Sa peau brune brille, lustrée comme une perle. Ses yeux sont un renversant mélange de vert et de brun autour de la pupille.

« Vous m'avez entendue, monsieur Lightfoot ? » Elle emploie mon nom de famille parce que j'ai utilisé le sien. J'essaie de mettre de la distance entre nous, mais ça ne fonctionne pas. Plus je recule, plus je meurs d'envie de la serrer contre moi. De la toucher et de lui couper le souffle. Pendant qu'elle murmure mon prénom.

« Rafe. Appelle-moi Rafe, dis-je entre mes dents.

— Rafe, alors », dit-elle sur un ton radouci. Je lève brusquement la tête comme si j'avais reçu une balle dans le torse. Pour une fois, elle obéit. Et l'entendre prononcer mon prénom manque de me terrasser. « Comme je le disais, nous avons un problème. Il vaut mieux le résoudre, si on veut travailler ensemble. »

Travailler. N'est-ce qu'une relation professionnelle pour elle ?

Je n'y arriverai pas. Je ne peux pas être son employeur. Je ne peux pas garder mes distances.

D'un pas, je me rapproche d'elle.

* * *

Adèle

La chaleur de Rafe me frappe de plein fouet dès qu'il m'emprisonne entre ses bras. Tandis qu'il me serre contre son corps dur, je suis partagée entre l'envie de le gifler et de me pâmer, comme Scarlett dans les bras de Rhett dans *Autant en emporte le vent*.

« Tu vois, c'est exactement ça, le problème, dis-je, bien que mon cœur batte à cent à l'heure.

— Arrête de parler, marmonne-t-il en rougissant.

— Pardon ? » Comment ose-t-il me dire de me taire ? J'ouvre la bouche, mais une étrange lueur verte scintille dans son regard. Je ravale mon insulte. De loin, Rafe est beau. De près, sa beauté est si stupéfiante que j'en reste sans voix. J'aperçois un éclat vert dans ses yeux lorsqu'il baisse la tête vers moi. Une mini aurore boréale danse dans ses iris. Sans réfléchir, je lui touche la mâchoire. « Qu'est-ce que c'est ? Qu'est-ce qui arrive à tes yeux ?

— Tais-toi, putain. » Il enfouit ses doigts rugueux dans mes mèches bouclées et me fait lever la tête. Le mouvement découvre mon visage et ma gorge.

Pendant un instant, je ne vois que ses traits durs. Ses sourcils sombres courroucés, son regard fou. L'instant suivant, ses lèvres douces se collent contre les miennes.

Notre premier baiser est violent. Une dispute, un combat. Brutal, sans merci. Merveilleux.

Quand il fait un pas en avant, je recule sans y penser. Je ne me fige que lorsque mon dos rencontre le mur. Il place une jambe entre les miennes et m'oblige à chevaucher sa cuisse musclée. Son grand corps viril est une prison de muscles autour de moi.

J'aplatis les paumes contre ses épaules. J'avais l'intention de le repousser, mais à la place, je trouve ses biceps durs comme la pierre et l'attire contre moi. Il me tire les cheveux, puis détache sa bouche de la mienne.

Je halète, chaque cellule de mon corps électrisée. Ma peau est chaude et picote partout où il m'a touchée.

Il détourne son visage dur. « Non. On ne peut pas faire ça.

— Ferme-la. Arrête de réfléchir et embrasse-moi. »

Un grondement bas vibre dans son torse, mais il obéit. Il m'embrasse, et ses lèvres parfaites m'aguichent, m'allument, en réclament davantage. Je me délecte de sa bouche, enivrée par son goût de whisky.

J'avance les hanches à la recherche de son épaisse cuisse dure. Je la chevauche, ma petite robe vintage des années 1950 froissée entre nous. Le jupon en crinoline est remonté sur mes cuisses. L'une de mes chaussures Mary Jane tombe au sol avec un bruit sourd. Ça m'est égal.

J'ai les cheveux en bataille, ma tenue est sens dessus dessous. Il a détruit tout mon maintien et mon calme en cinq foutues secondes.

Et j'adore ça.

« Rafe... » Il m'embrasse le cou. Son début de barbe irrite ma peau douce. Le délicieux chatouillis parcourt ma gorge et mes tétons, puis explose dans mon entrejambe.

« Non. » Il lève la tête et s'écarte. Je glisse le long du mur dès qu'il cesse de me tenir.

En l'absence de son corps brûlant, j'ai soudain froid. Je viens d'embrasser Rafe. Dans son bureau. « Oh, mon Dieu...

— Merde ! » crie-t-il en me tournant le dos.

Non ! Baise-moi ! Je me retiens de justesse de le supplier. Mes lèvres sont enflées, malmenées de la plus délicieuse des façons. Je les touche pour savourer le souvenir de la bouche de Rafe sur la mienne.

Je viens d'embrasser mon patron. Au lieu de les caresser, je me frotte les lèvres.

La tension est à couper au couteau tandis que je lisse ma robe et cherche la chaussure que j'ai perdue. Les mains tremblantes, je vérifie que tous mes boutons sont fermés. Mon entrejambe palpite, et je suis sûre que ma culotte est trempée.

Les mains à plat sur le bureau, Rafe me tourne toujours le dos. Tout son corps est crispé, ses épaules ramassées au niveau des oreilles.

S'embrasser était une erreur, mais nous l'avons commise à deux. Je refuse de m'excuser. Je secoue la tête, ce qui fait rebondir mes boucles ébouriffées, et m'éclaircis la gorge. « Cette réunion était inutile. Tu aurais pu m'envoyer un e-mail.

— Ouais.

— Bon. À demain. » Bien qu'il ne puisse pas me voir, je hoche la tête, puis je quitte le bureau aussi vite que mes jambes peuvent me porter.

* * *

Rafe

Après le départ d'Adèle, je passe un long moment dans mon bureau à respirer son parfum. Mon loup ne comprend pas. Pourquoi ne l'ai-je pas possédée ? Marquée ?

Pour lui, le monde est simple. Si tu as faim, tu chasses une proie et la manges. Si tu trouves ta compagne, tu la revendiques.

Je ne peux pas, lui dis-je. *Je ne peux pas avoir de compagne.*

Lorsque mon portable sonne, je réponds sans regarder l'écran.

La voix bourrue du colonel Johnson me tire à peine de mon brouillard mental. « Ça bouge du côté de Dieter. Il a quitté l'Italie. »

Je m'assieds dans mon fauteuil et prends un stylo, comme s'il allait m'aider à me concentrer. La surface en bois est toujours maculée de gouttes d'encre après l'explosion de son prédécesseur. « Dieter. » Il me suffit de prononcer le nom de mon ennemi pour me reconcentrer. Que sait-il sur moi ? Sur la mort de mes parents ? « Où est-il ?

— Nous avons réussi à le suivre jusqu'à Paris, mais nous avons perdu sa trace ensuite. Nous surveillons la situation. Nous n'avons pas entendu parler de transaction. Il a sans doute simplement changé de planque.

— Vous avez de nouvelles informations sur les balles d'argent ? Comment a-t-il su ce qu'elles nous feraient ?

— Non.

— Monsieur, je...

— Votre unité est mise à pied ! » aboie Johnson. Puis son ton se radoucit. « Je sais que tu veux te lancer à sa poursuite, Rafe. Je te demande de suivre mes ordres jusqu'à ce qu'on en sache plus.

— Bien, monsieur. » J'entends un *plop,* puis sens du liquide me couler sur la main, mais je ne baisse pas les yeux. J'ai cassé un autre stylo.

« Garde ta meute groupée », m'ordonne-t-il avant de raccrocher.

Ma meute. Bien sûr. Ses membres sont ce qui est le plus important pour moi. Deke et Channing patrouillent la forêt. Lance est en ville, en sécurité chez sa compagne. Je dois penser à eux.

Mes parents étendus sur le sol du chalet. Du sang s'étale sous leurs crânes...

Non ! Ça ne se reproduira plus jamais. Je protégerai ma meute, je saurai garder le contrôle.

Je n'ai pas de temps à consacrer à Adèle. Il n'y a pas de place pour elle dans ma vie. C'est comme ça, et il ne peut en être autrement.

Chapitre Cinq

R*afe*

« Le dîner est servi. » C'est le deuxième jour de travail d'Adèle. Elle est de retour au chalet et nous appelle pour venir à table. Cette fois, Sadie est présente. Je l'ai invitée afin que tout le monde se tienne à carreau.

« Adèle, l'odeur est délicieuse », la complimente son amie. C'est la vérité. De gros couvercles argentés recouvrent nos assiettes. Nous les soulevons ensemble. Je me prépare à découvrir des saucisses bouillies dans la mienne, mais non, elle contient des steaks. Environ six, empilés sur l'assiette. D'énormes et épaisses pièces de viande.

C'est officiel, mon loup est amoureux.

« Ah, ouais », approuve Deke. À côté de lui, Sadie regarde son compagnon en souriant.

« De la viande, comme vous l'avez demandé, annonce Adèle. Différentes pièces. Il y a du faux-filet, du filet et de l'aloyau. Et du filet mignon pour les dames.

— Ouf, merci », s'esclaffe Sadie. Son assiette contient un

plus petit morceau de viande, accompagné d'asperges rôties, semble-t-il.

« Oh, j'adore le filet mignon, dit Channing, la bouche pleine de viande.

— Il en reste quelques-uns. Tu pourras les manger au petit-déjeuner », lui répond Adèle. Appuyée contre l'îlot de cuisine, elle nous regarde manger.

Je tire la chaise à côté de moi. « Assieds-toi. »

Elle hausse un fin sourcil brun. Je fais de même. Un petit sourire lui flotte sur les lèvres, puis disparaît. Ses joues sont légèrement rosées. Mon sexe se dresse. Nous pensons tous les deux à notre rapide réunion de la veille dans mon bureau.

Elle laisse encore passer quelques secondes, parce qu'elle hésite toujours avant d'obéir, ce que j'adore. Puis elle s'approche, perchée sur ses talons hauts. Dès qu'elle est assise, je coupe mon faux-filet en deux et pose la moitié dans son assiette, ainsi qu'un steak. Les autres m'observent du coin de l'œil. Lorsqu'un alpha donne une portion de sa viande, de sa chasse, il ne s'agit pas d'un geste anodin. Ça signifie que la personne occupe une place spéciale à ses yeux.

Et, bien sûr, Adèle est spéciale. Elle est ma cheffe à domicile. Mon employée. L'amie de la compagne de mon frère.

Mon loup gronde. Il n'est pas du tout d'accord. Nous savons tous les deux qu'elle signifie bien plus que ça. Il me prend pour un idiot.

Moi aussi, je me prends pour un idiot. Bordel, pourquoi est-ce que je me soumets à cette torture ?

Adèle se penche vers moi, et son bras effleure le mien. « Ton ventre gargouille, Rafe », murmure-t-elle. Putain, il me suffit de l'entendre prononcer mon prénom pour devenir dur comme la pierre.

* * *

Adèle

« Tu as déjà trop mangé ? » Je le taquine avec douceur. Je me suis promis de bien me comporter avec Rafe à partir de maintenant, mais je ne peux m'empêcher de l'asticoter un peu. « Les bruits de ton ventre me font penser à un ours en colère.

— À un loup, plutôt », marmonne Channing, la bouche pleine. Je ne pensais pas qu'il m'entendrait parler à voix basse.

Rafe le regarde en fronçant les sourcils, mais je me suis promis de faire une trêve ce soir. Ignorant Channing, je demande à Rafe : « Alors ? Le poison que j'ai mis dans ton assiette commence à faire effet ?

— Non, répond-il avec un petit rire. J'ai besoin d'un peu plus de viande, c'est tout. » Il découpe une énorme pièce de faux-filet, mais au lieu de la dévorer, il la dépose dans mon assiette.

« Il faut que tu manges », grogne-t-il. Encore à me donner des ordres.

« C'est toi qui as besoin de manger. Tu n'as pas avalé grand-chose hier soir. Tu vas perdre de la masse musculaire si tu ne finis pas ton assiette », dis-je sur un ton doucereux en lui tapotant le biceps. Il est si dur et épais... un scandale. Même s'il perdait de la masse musculaire, il resterait plus baraqué que la plupart des mannequins dans les magazines de sport.

Il me dévisage. Je m'aperçois que je lui touche toujours le bras. Faisant comme si c'était volontaire, je serre un instant le muscle sous mes doigts. Mince, il est énorme. Rigide et entretenu par son activité professionnelle, qui consiste à neutraliser des truands pour protéger les honnêtes gens. Je m'autorise à le toucher encore quelques secondes, puis laisse retomber ma main.

La façon dont Rafe me regarde est assez torride pour que je prenne feu.

Je m'éclaircis la gorge et me concentre sur mon assiette désormais pleine. « Comment est le steak ? Pas trop bleu ?

— Impossible qu'on le trouve trop peu cuit.

— Tant mieux. Garde de la place pour le dessert.

— Il y a du dessert ? » L'expression enthousiaste de Channing est adorable. Je m'autorise un rire, même si je sais que ça agace Rafe. J'aime agacer Rafe. C'est comme des préliminaires... même si nous n'irons pas plus loin.

« Oui. Un *red velvet cake* avec un glaçage au fromage frais. Je l'ai décoré de façon qu'il ressemble à une vache. Tu pourras faire comme si c'était toujours du faux-filet », dis-je à Rafe en plissant le nez.

Il soutient mon regard pendant qu'il mange la bouchée suivante.

Mes joues se réchauffent. Je jette un coup d'œil aux autres personnes autour de la table. Channing et Deke se goinfrent de steak, mais Sadie nous observe avec une expression satisfaite. Hmm.

Un patron et son employée. Une employée et son patron. Nous ne sommes rien de plus.

« Il fait beau temps, dis-je pour remplir le silence.

— Si on aime la neige, dit Deke en penchant la tête.

— On dirait que je vais passer la nuit ici », murmure Sadie. Le regard qu'elle échange avec Deke crie si fort

Baisons comme des lapins ! que je rougis de plus belle et détourne la tête pour leur laisser de l'intimité.

« Au fait, Adèle. » La voix grave de Rafe porte facilement. Toute la tablée se tait, comme si chacun attendait qu'il fasse une annonce importante. C'est peut-être pour ça qu'il se comporte tout le temps comme s'il était le chef. Tout le monde le traite comme si c'était le cas. « Je ne veux pas que tu rentres par tes propres moyens. »

Je suis stupéfaite. « Je te demande pardon ?

— La météo est mauvaise, et il te faut de nouveaux pneus », répond-il sans cesser de manger, comme si ce qu'il venait de dire était tout à fait raisonnable.

Je rêve, ou il vient de critiquer mon vieux fourgon ? Est-ce une pique sur le fait que je suis fauchée en ce moment ? Je m'efforce de garder mon calme. « Mes pneus iront très bien pour ce soir.

— Je te ramènerai et je viendrai te chercher demain vers midi, dit-il en secouant la tête. On gardera ton fourgon ici pour l'équiper de nouveaux pneus.

— Je ne pense pas que ça fasse partie de notre contrat.

— Vois-le comme un ajout. » Il hausse les épaules avant de s'essuyer la bouche sur la serviette.

« On devrait peut-être en discuter dans ton bureau. » Autour de la table, tout le monde nous observe, leurs yeux faisant des allers-retours comme si j'affrontais Rafe dans un match de tennis. Ce qui est le cas. Mais au lieu d'un match de tennis, c'est une joute verbale. *Jusqu'à la mort.*

« Inutile d'en discuter. Je te ramène. Point final. »

Je fixe mon assiette, bouche bée. Si je regarde Rafe, de la fumée va me sortir par les oreilles.

Sadie a les yeux écarquillés. « Bon, ce dessert...

— Ouais, goûtons ce dessert », marmonne Deke. Son

assiette est déjà vide. Celle de Channing aussi. Rafe ne plaisantait pas quand il a dit qu'ils ont bon appétit.

« Je vais le chercher. Continuez à manger. » Je me lève d'un bond et cours presque jusqu'à la cuisine. J'ai besoin d'une pause. De m'éloigner de Rafe.

Mais l'enfoiré me suit. « Je suis sérieux, princesse, dit-il à voix basse.

— Princesse ? » Je hausse un sourcil, ignorant le petit frisson qui me traverse. Je ne suis pas flattée que Rafe ait employé ce sobriquet. Je refuse de l'être.

Quand je passe à côté de lui, il m'attrape par le bras et me gronde dans l'oreille : « Tu ne rentreras pas avec ce fourgon. »

Des images de *turduckens* dansent dans ma tête. Rafe a de la chance que je n'aie pas de couteau désosseur sous la main.

« Ton dîner refroidit.

— Je suis sérieux, murmure-t-il sans me lâcher.

— Tu touches tous tes employés comme ça ? »

Il s'écarte. Je prends le gâteau sur l'îlot en marbre, puis repars dans la salle à manger en annonçant : « Voilà le dessert. » Je regarde Rafe droit dans les yeux avant de plonger le grand couteau de cuisine dans le gâteau.

Son expression reste indifférente pendant que je coupe une part et la lui sers. L'intérieur est rouge vif, comme je l'avais prévu.

« Le sergent a raison, tu sais, dit Channing. Je crois qu'on a des pneus qui correspondent à ton véhicule. On commande des pneus de qualité pour les nôtres, et ça coûte moins cher de les acheter en lots. On pourrait s'en occuper pour toi sans problème.

— Eh bien, merci, alors. » Je me force à sourire. Cet acte de générosité me gêne, mais au moins, Channing sait comment s'adresser à une autre personne. Rafe et moi devrions prendre des leçons auprès de lui.

On attrape plus de mouches avec du miel qu'avec du vinaigre. Mais si je laisse Rafe goûter mon miel, il lui plaira trop. *Il le léchera jusqu'à la dernière goutte...*

Mince, maintenant, j'imagine Rafe en train de lécher des choses. Des parties de mon corps.

Tout le monde mange, la tête baissée. Tout le monde, sauf Rafe. Il me regarde fixement avec une expression dure. Nous reprenons notre match de tennis, et le score est collé-serré.

« Tu ne manges pas ton gâteau, dis-je.

— C'est parce qu'on dirait que quelqu'un l'a assassiné.

— C'était le but. » Et parce que cette réponse n'est pas assez inquiétante, je passe l'index sur le couteau, puis lèche le glaçage sur mon doigt. « Channing, c'est peut-être toi qui devrais me ramener. Je suis sûre que Rafe est terriblement occupé. » Occupé à être un trou du cul.

« Ouais, bien sûr », répond Channing sans cesser de manger le gâteau.

Rafe se lève en repoussant sa chaise et laisse tomber sa fourchette sur la table. « Channing, je veux te parler dehors. Tout de suite. »

Mince, que se passe-t-il ? Mais pour qui Rafe se prend-il, à donner des ordres à Channing comme s'il était un gamin indiscipliné ?

Pourtant, Channing obéit. Il suit Rafe hors de la salle à manger à pas lourds.

À ma grande surprise, Deke leur emboîte le pas. « Merci pour le dîner », marmonne-t-il lorsqu'il passe à côté de moi.

Sadie soupire et se lève à son tour.

« Attends, qu'est-ce qui se passe ? » Il y a cinq secondes,

tout le monde était à table, mais ils se sont tous levés. Ils obéissent vraiment à Rafe au doigt et à l'œil.

La situation ne paraît pas du tout choquer Sadie. « Ils vont se battre.

— Et le dessert ?

— Oh, ils reviendront, lance-t-elle par-dessus son épaule. Ils auront faim après le combat. »

Je reste encore une fois bouche bée. Je pose le couteau et me hâte de suivre Sadie en courant.

* * *

Rafe

Je vais tuer ce foutu connard. Channing sort dans la nuit froide en trottinant, les muscles de son torse contractés sous sa chemise. Son loup meurt d'envie de surgir pour se défendre.

« Ne parle pas à Adèle. » Mon grondement est à moitié humain, à moitié loup, et totalement féroce. « Ne parle pas à Adèle. Ne la regarde pas. Ne l'écoute pas. Ne la renifle pas.

— Tu es fou, sergent », grogne Channing. Il retire son Henley et le laisse tomber sur une marche en pierre. Il n'a pas l'air inquiet. Il a autant envie de se battre que moi.

« Pas d'animaux. » Nous ne pouvons pas prendre le risque de révéler nos loups à Adèle. Si elle découvre ce que je suis, elle prendra ses jambes à son cou et ne reviendra jamais.

Et même si je ne peux pas avoir Adèle, je refuse qu'une telle chose se produise.

Un éclat bleu fait étinceler le regard de Channing. Son loup me regarde à travers ses yeux. « Dépêche-toi de la revendiquer. Tu en as envie. Tu sais ce qu'elle est pour toi. »

Non.

C'est impossible.

Adèle est une civile. Elle est mon employée, rien de plus. Une connaissance. Elle tolère à peine ma présence. « Tu sais que je ne peux pas. Je ne peux pas revendiquer une humaine. » Même si Deke l'a fait. Même si Lance, mon frère, l'a fait.

Une compagne, une famille... ce n'est pas pour moi.

« Si tu ne la revendiques pas, la lune te rendra fou », m'avertit Channing. Il dit la vérité, et je déteste ça.

« Ça n'arrivera pas. Je ne la revendiquerai pas. »

Nous commençons à nous tourner autour en écrasant l'herbe gelée sous nos bottes.

Un large sourire étire les lèvres de Channing. Il a l'air aussi fou que j'ai l'impression de l'être. Je sais ce qu'il va dire avant qu'il n'ouvre la bouche. « Si tu ne la revendiques pas, c'est peut-être moi qui le ferai. »

Je lui envoie mon poing dans la figure en rugissant.

* * *

Adèle

La pelouse devant le chalet est recouverte d'une couche de neige. Sadie est déjà sur le perron. Elle me bloque presque toute la vue à travers la porte d'entrée vitrée. J'enfile mon manteau et mon bonnet. Il a l'air de geler dehors, et il neige toujours. Channing et Rafe vont-ils vraiment se battre ? Par ce temps ?

Mince, mais qu'est-ce qui ne tourne pas rond chez eux ?

67

Tu parles de machos ! Est-ce dû à une surdose de testostérone ? Au lieu de viande, je devrais leur servir... je ne sais pas... des germes de soja ou de la patate douce, pour les œstrogènes. Mince, ils ont vraiment besoin de péter un coup et de se détendre.

Je me prépare au choc du froid mordant, puis franchis la porte. Mes bottes glissent un peu sur le pas de la porte. Merde, Rafe avait raison. Je ne devrais pas porter de chaussures à talons pour marcher dans la neige. Mais, bon Dieu, ai-je souvent besoin de courir en talons ?

Je frissonne déjà en refermant la porte. Emmitouflée dans son grand manteau, Sadie se tient sur les marches en pierre, les épaules légèrement voûtées. Deke a avancé un peu sur le chemin. Les mains dans les poches de son jean, il a presque l'air de s'ennuyer. Nos respirations créent de la buée, pourtant il ne porte même pas de veste !

De gros flocons tombent sur le sol, des points blancs dans la nuit sombre. Je me protège les yeux de la lumière vive du projecteur extérieur et regarde en direction de la pelouse sombre. Le chalet est bâti dans le flanc de la montagne et entouré d'une dense forêt de sapins. Je discerne vaguement Rafe et Channing, deux formes sombres qui se mêlent aux sapins.

Lorsque je m'habitue à l'obscurité, j'ai le souffle coupé. Rafe et Channing sont à demi nus. Ils ne portent ni manteau, ni bonnet. Même pas un T-shirt. Ils ont retiré leurs Henley et se tournent autour. Leurs bottes écrasent la neige poudreuse. Les muscles du torse bandés à l'extrême, ils m'évoquent les participants d'une compétition d'arts martiaux ou de bodybuilding. Je prends soudain conscience qu'ils s'apprêtent plus ou moins à se battre pour *moi*. Ils s'esquivent avec des mouvements fluides et rapides, puis se jettent l'un sur l'autre. Ils bougent trop rapidement pour que je réussisse à distinguer ce qui se passe.

Je ne peux retenir un cri. Comme pour le rattraper, je me couvre la bouche. Les combattants s'empoignent. Ils poussent des grognements et des grondements gutturaux.

« C'est dingue », dis-je en un murmure. Sérieusement, que se passe-t-il ? Pourquoi se battent-ils, bon Dieu ? Ai-je loupé quelque chose ? C'est soirée catch aujourd'hui, c'est ça ?

Sadie tourne la tête vers moi, encapuchonnée, et m'adresse un sourire compatissant. « C'est un peu intense. Mais c'est leur manière de se défouler, dit-elle sans une trace d'appréhension. Ne t'en fais pas, personne ne sera blessé. »

Deke nous jette un coup d'œil, puis il avance sur le chemin. Il se tient entre les combattants et nous. J'ai l'impression qu'il s'assurera qu'il ne nous arrive rien si le combat vient dans notre direction.

Mais il n'essaie pas d'interrompre la violente raclée que s'infligent Rafe et Channing.

Rafe prend de l'élan et donne un coup de poing à Channing, qui parvient je ne sais comment à le bloquer. En un mouvement flou, Rafe le frappe du poing gauche. L'attaque-surprise atteint sa cible, et la tête de Channing part en arrière. Il titube. N'importe quel autre homme normal serait inconscient sur l'herbe après un coup pareil, mais il contre-attaque sans un instant de répit. Il semble presque joyeux tandis qu'il crache du sang. Un sourire creuse sa fossette. Il bondit sur Rafe et lui percute le torse. Ils tombent lourdement. Maintenant, ils se rouent de coups au sol. Dans la neige. Le torse nu.

Je descends les marches en pierre avec prudence. « Stop ! Qu'est-ce que vous faites ?

— N'approche pas, m'ordonne Rafe en tendant sa grande main rougie par le froid.

— Tout va bien, Adèle », dit Sadie en me rejoignant. Sérieusement ? Elle est institutrice en maternelle. N'est-elle pas convaincue qu'il existe de meilleures formes de résolution de conflits ?

« Non, ça ne va pas », dis-je entre mes dents. Je savais que ces mecs étaient accros à l'adrénaline et à la testostérone, mais ça dépasse les bornes.

Le pire, c'est que je suis émoustillée. Voir les incroyables muscles de Rafe me fait un certain effet. Je sens mes tétons se dresser sous ma blouse.

Qui aurait pensé que regarder Rafe se battre m'exciterait autant ? Je serre le poing pour me retenir de m'éventer.

Je dois mettre un terme à ce combat.

Dans le temps, ma mémé a dû séparer quelques rixes entre les hommes qui vivaient en pension chez elle. J'essaie de me souvenir de ces histoires à toute vitesse. Une fois, Mémé a jeté une cafetière pleine à la figure d'un combattant. Le contenu de la cafetière n'était pas trop chaud. D'après ma grand-mère, tout le monde a fini par en rire.

Cette histoire a peut-être été quelque peu embellie au fil des années. À cet instant, je ne vois pas comment elle pourrait être vraiment arrivée.

Je n'ai pas de café chaud. Je n'ai rien. Et à mon avis, ils ne se sépareraient pas même si je leur renversais une marmite de gombo sur la tête.

Channing est allongé sur l'herbe couverte de neige. Tout à coup, Rafe se fait projeter en arrière en direction des arbres. « Ha ! » s'exclame Channing avant de se relever d'un bond.

Rafe l'attaque de nouveau. En un mouvement trop rapide pour que je puisse le suivre, il parvient à empoigner

Channing et le retourne. C'est au tour de ce dernier de voler à travers la pelouse.

Je me tords les mains. « C'est n'importe quoi ! » Je repars dans le chalet à la recherche de quelque chose à leur jeter dessus, n'importe quoi. Je pose les yeux sur la sculpture en métal de Rafe. Quelqu'un l'a placée sur la table basse. Je m'en saisis et ressors en courant.

Le combat s'est rapproché de la porte. Les mains levées, Deke protège Sadie de son corps. Il est si concentré à la tâche qu'il ne cherche pas à me retenir lorsque je passe à côté de lui.

« Arrêtez ! » Je jette la sculpture métallique sur Rafe. Elle produit un tintement en tombant sans l'atteindre, puis roule un peu dans l'allée. Rafe et Channing se figent, les poings levés, et la regardent.

Je m'approche, en colère, en prenant soin de rester à bonne distance d'eux. « Bon Dieu, vous allez arrêter ?

— Adèle, non ! » crie Sadie. Avant que je puisse faire un pas de plus, Deke me retient par la taille. Je remue les pieds, mais ils ne touchent plus terre.

« Lâche-moi !

— Si tu me promets de ne pas essayer de les séparer. » Deke me secoue avec douceur.

Channing et Rafe ont déjà recommencé à se tourner autour, ma distraction oubliée.

Ils ne veulent pas que je m'en mêle ? Très bien. Je ne m'en mêlerai pas.

« N'importe quoi », dis-je entre mes dents. Deke pivote et me dépose derrière lui. L'une de ses grandes mains est toujours serrée autour de la manche épaisse de mon manteau. Je secoue le bras. « Lâche-moi. »

Sur l'herbe, Rafe tourne la tête dans notre direction.

Une grimace lui déforme soudain le visage, et une lumière verte se met à briller dans ses yeux.

« Merde, lâche Deke en levant les mains comme si Rafe le tenait en joue. Tout va bien, sergent. Elle n'a rien. Personne ne la touche. »

Tel un chien enragé, Rafe montre les dents... et gronde. À ce son, un frisson me parcourt la colonne vertébrale.

« Je m'assurais qu'elle ne risque rien, c'est tout », marmonne Deke à voix basse, les mains toujours levées. Rafe ne paraît pas l'entendre.

Channing écarquille les yeux et se met à traverser la pelouse en courant. « Merde. Sergent... »

Il arrive trop tard pour retenir Rafe. Il se jette sur Deke.

Sadie et moi crions en chœur. Elle me fait remonter les marches en me tirant par le bras. Chacune agrippant le manteau de l'autre pour l'empêcher de tomber, nous courons jusqu'à la porte.

Des grondements animaux résonnent dans la nuit. Rafe frappe Deke, qui se défend et rend les coups. Channing intervient et tente de tirer Rafe en arrière. Avec un rugissement, celui-ci se libère de la poigne de Channing et saute de nouveau sur Deke.

« Ça suffit. Je m'en vais », dis-je dans l'air glacé. Je ne sais pas comment je réussis à empêcher ma voix de trembler.

Sadie se mord la lèvre. « Adèle...

— Non, non, dis-je en levant la main. C'est ridicule. Il y a beaucoup trop de testostérone ici. » Je vais chercher mes clés. La neige tombe moins fort depuis quelques minutes.

Mon brave petit fourgon est garé dans l'allée. Lorsque je m'en approche, j'examine ses pneus d'un autre œil. Ils ne sont pas encore lisses, mais plus proches de l'état lisse que neuf. Je dois placer l'entretien de mon véhicule plus haut sur ma liste. Mais il est hors de question que Rafe me ramène ou change mes pneus.

Le combat s'est déplacé sur l'herbe et s'est rapproché de la ligne sombre d'arbres. Tant mieux. Qu'ils s'entretuent, ça m'est égal.

Je traverse l'allée en marmonnant. « Il ne veut pas que je conduise mon fourgon ? Il veut me ramener ? Dommage pour lui. » Il n'aurait pas dû se comporter comme un forcené et se battre.

Je ne peux pas travailler dans ces conditions. À ce stade, je préférerais ne plus jamais revoir Rafe.

* * *

Rafe

« Putain, sergent ! » Deke reçoit un coup dans le ventre qui le plie en deux. Mais il est massif et a l'habitude de prendre des coups. Il est le plus fou d'entre nous. Avant, il cherchait constamment à se battre. Ça me rendait dingue.

Maintenant, c'est moi qui ai envie de mettre le monde en pièces.

« Ne la touche pas, bordel ! » Je ponctue chaque mot d'un coup de poing. Deke en esquive la moitié en reculant vers les bois. J'ai remarqué qu'il m'éloigne du chalet et de sa compagne.

Sadie se tient sur le perron de la porte d'entrée, les lèvres pincées. Adèle... a disparu. Mon loup est dans tous ses états. Il essaie de me dire quelque chose. La fureur s'éloigne.

Avant que je puisse demander où est Adèle, Channing

me saute dessus et me ceinture. « Il ne la touchait pas ! Il veillait à sa sécurité, c'est tout !

— Je sais, putain ! Lâche-moi !

— Vite, assieds-toi sur lui ! » crie Channing à Deke.

Ce dernier vient lui prêter main-forte. Je me débats, parviens à me libérer et me relève. Deke s'approche. Je feinte à gauche, puis à droite, et lui envoie mon poing dans le ventre, assez fort pour lui briser une côte. Channing m'attrape par-derrière. Je lui donne un coup de tête. Du sang gicle.

« Berde, grogne Channing, allongé dans la neige, les mains autour du nez.

— Merde », renchérit Deke. Les dents serrées, il se tient le flanc.

Maintenant que plus personne ne m'entoure, je cherche Adèle, complètement paniqué. Son odeur s'estompe dans la nuit. Je prête attention à ce que me dit le loup... et je l'entends. Le moteur de son vieux fourgon sur la route.

Elle est partie. Elle n'est plus là.

Elle est contrariée et elle conduit son épave sous la neige. Je dois la suivre. « Putain !

— Je suis sur le coup, sergent. » Deke a déjà enlevé ses bottes et son T-shirt. Il baisse son pantalon, puis un énorme loup noir apparaît. Une seconde plus tard, il s'éloigne en courant. Ses grosses pattes lui permettent de parcourir de grandes foulées sur le sol couvert de neige.

« Je te suis », lui dis-je pendant qu'il disparaît dans la forêt sombre. Il la suivra sur la route, ce qui me permettra de prendre quelques minutes pour les rejoindre.

Je m'examine. Pas de fracture. Une douleur au coude, mais elle s'atténue. Je me tourne vers Channing. Il a déjà redressé son nez cassé. Nos respirations se sont ralenties.

Mon loup a hâte de suivre Adèle, mais je dois d'abord

vérifier que mon frère de meute va bien. Merde, j'ai complètement pété les plombs.

J'y réfléchirai plus tard.

Channing s'assied. Deux yeux au beurre noir assombrissent son regard. Il crache du sang, puis sourit. « Ça va mieux, sergent ? me demande-t-il comme si je ne l'avais pas roué de coups de toutes mes forces un instant plus tôt.

— Ça va mieux. » Je lui propose ma main pour l'aider à se relever, puis le serre un instant contre moi et lui tapote même le dos. C'est ainsi qu'une meute se bat, puis se réconcilie. À part dans le cas d'un combat entre alphas, d'un combat pour le contrôle, un affrontement jusqu'à la mort, notre animosité est oubliée en quelques secondes.

Sadie est déjà allée chercher les vêtements de Deke. Elle a aussi récupéré le Henley de Channing, qu'elle lui donne. Cette femme est une perle. Une compagne parfaite pour un métamorphe. Même si elle a l'air contrariée.

« Je n'ai pas vu ton T-shirt, me dit-elle.

— Je vais bien. Tout va bien », dis-je, rassurant.

Elle hoche la tête et regarde en direction de l'allée. « Les routes sont verglacées », murmure-t-elle. J'acquiesce. Elle s'inquiète pour Adèle.

Moi aussi.

« Rentre dans le chalet. Tout va bien se passer. Avec Deke, on va s'assurer qu'il ne lui arrive rien. »

Je me tourne vers Channing. Il hoche la tête avant que je puisse ouvrir la bouche. « Je monte la garde au chalet. Vas-y, sergent. Va chercher ta compagne. »

Ta compagne. Sans perdre de temps à le contredire, je tourne les talons et cours de toutes mes forces de métamorphe à travers la forêt en suivant les traces du loup de Deke.

* * *

Adèle

J'ai les doigts crispés autour du volant froid, et mon corps est tendu comme si je pouvais contrôler mon véhicule sur la pente enneigée à l'aide de ma volonté. J'aurais dû attendre plus longtemps et laisser mon fourgon chauffer. Mon souffle crée de la buée devant mon visage. La neige a recommencé à tomber, et mes vieux pneus adhèrent mal à la route.

Merde, qui habite sur le flanc de la montagne, au bout d'une cauchemardesque route sinueuse ? Rafe Lightfoot est officiellement l'homme le plus agaçant au monde.

Je ne me remets toujours pas de son expression féroce. Il ressemblait à un fou. Une bête sauvage. Il n'avait pas l'air humain.

J'espère que le pauvre Channing va bien. Il a réussi à placer quelques coups, mais il avait l'air de prendre ce combat comme un jeu. Rafe ne jouait pas. Il semblait vouloir tuer quelqu'un, et Channing était justement là.

Deke et Sadie ne paraissaient pas s'en soucier. Tout s'est peut-être bien terminé. J'aurais peut-être dû rester pour écouter leurs explications. Peut-être qu'après s'être défoulés, ils sont tous rentrés manger le dessert et boire un café.

La véritable raison pour laquelle je suis partie : le corps sublime de Rafe, à moitié nu, ses muscles bandés. Parfait. Délicieux. Ce que je ferais à cet homme si je me retrouvais seule avec lui...

Le véhicule dérape un peu, et je ne dois qu'à des années d'expérience de ne pas freiner brusquement et d'aller m'envoyer dans le fossé.

Arrête de penser à lui. Je dois me concentrer au lieu

d'imaginer que je me retrouve seule avec Rafe après le combat, son corps dur brillant de sueur, qui me dévore de son regard brûlant...

Concentre-toi. Mon pare-brise s'embue, et le système de dégivrage n'a aucun effet. Je me penche pour essuyer la vitre de la manche de mon manteau. La buée s'efface, mais ma manche laisse une trace. *Bon Dieu.*

Dans quelques mètres, la route étroite se termine et débouche sur une voie plus large. Je respire un peu plus facilement. J'atteindrai peut-être le bas de la montagne, tout compte fait.

Quelque chose brille dans le noir. Deux lueurs vertes. Un animal sort de la forêt en trottant. Une forme sombre, avec des oreilles aux extrémités plus claires... un loup. Il s'assied et regarde mon véhicule avancer lentement sur la route enneigée. Calme et royal, il n'a pas peur. Je ne devrais pas quitter la route des yeux, mais je le fais pourtant, juste une seconde, pour regarder le loup.

Et c'est à ce moment que mes pneus glissent sur une plaque de verglas.

* * *

Rafe

J'entends l'accident avant de le voir. Un crissement métallique, puis le silence. Je fonce à travers la montagne, sans employer toute ma vitesse de métamorphe pour éviter de glisser et de tomber. Ce serait plus facile sous ma forme de loup. Je serais plus proche du sol.

La route forme un ruban blanc à travers les arbres sombres. Je presse le pas. Deke est plus loin devant. C'est un animal énorme, noir avec des touffes de fourrure blanche à la pointe des oreilles. Je me précipite à présent sans prendre la peine d'être prudent. Des branches me fouettent le visage. L'une me frappe les lèvres, et j'ai le goût du sang dans la bouche.

Le loup de Deke se retourne et remonte la pente en trottant pour venir à ma rencontre. Ça me rassure. Si Adèle était blessée, il ne serait pas si calme. Il l'aurait rejointe et aurait muté pour lui venir en aide.

« Elle est vivante ? » Le loup hoche la tête. « Vas-y. Va chercher Channing et le Hummer. » Il a de bons pneus neige.

Après avoir acquiescé encore une fois de sa grosse tête poilue, le loup s'éloigne en courant.

Je continue ma descente, en ralentissant juste assez pour ne pas perdre l'équilibre et en laissant la gravité m'entraîner vers le bas de la pente. Le fourgon d'Adèle est à moitié sorti de la route, penché dans le fossé. Du côté conducteur, les roues tournent dans le vide.

Je lève la tête et hume l'air tout en parcourant les derniers mètres sur le talus. Je ne sens pas d'odeur de sang, mais elle pourrait souffrir de blessures internes.

* * *

Adèle

J'ai quitté la route des yeux une seconde, et maintenant, je suis dans un fossé. J'ai perdu le contrôle du véhicule sur le verglas.

Le fracas de l'impact me fait toujours siffler les oreilles.

Mon fourgon est penché, mais je suis encore assise dans le siège grâce à la ceinture.

Je suis vivante. Le monde s'est tu, et la neige semble tomber au ralenti.

Le loup est parti. Apparemment, les accidents de voiture le dérangent ; dès que j'ai levé la tête, je l'ai vu monter la pente en trottant et disparaître dans la forêt.

Mon fourgon n'a pas fait de tonneau, mais il est sorti de la route. Coincé dans un fossé. Il n'est plus utilisable. Mon sac a glissé à droite de l'habitacle. On dirait que son contenu s'est renversé. Je devrais me déplacer sur le siège pour détacher ma ceinture, puis ramper sur le siège passager pour attraper mon portable. Même s'il ne me servira à rien. Il n'y aura jamais de réseau ici.

Le froid s'infiltre dans l'habitacle... Enfin, il a toujours été là. La neige commence déjà à s'accumuler sur le pare-brise.

Mince, que vais-je faire ?

Au moins, c'est silencieux ici. Paisible. J'aurai une superbe vue pendant que je meurs de froid.

« *Adèle !* » Quelqu'un arrache ma portière.

C'est Rafe. Toujours torse nu, il semble tout droit sorti de mes fantasmes. Il a les cheveux emmêlés, la mâchoire crispée, chaque muscle bandé. Une lumière verte brille dans ses yeux. À cet instant, ils m'évoquent énormément ceux du loup.

« Tiens bon, grogne-t-il. Je vais te sortir de là. »

Je tempère la joie irrationnelle que j'éprouve en le voyant.

« Je vais bien. » Ma voix est si calme. « Inutile de... »

J'entends un bruit de déchirure lorsqu'il arrache ma ceinture *à mains nues*. J'ignorais qu'il était possible de déchirer une ceinture comme ça. La mienne devait être pourrie. *Il faut vraiment que j'entretienne mieux mon véhicule.*

Tout à coup, je suis dans les bras de Rafe. Ses muscles se contractent sous mes yeux.

« Tout va bien, chérie », murmure-t-il.

Chérie.

Je n'aurais pas pensé qu'il était du genre à employer des sobriquets. En dépit de notre attirance mutuelle, nous n'en sommes certainement pas encore à ce stade. Pourtant, l'entendre me mollifie.

Il pivote comme si je ne pesais rien et nous fait sortir du fossé. Nous nous trouvons soudain sur la route. Il me tient toujours dans ses bras. Il ne fait aucun geste pour me poser.

Je succombe à mon envie et me blottis contre lui. Il est si chaud. Même sans manteau. Comment supporte-t-il le froid sans manteau ?

Il me laisse faire. Il doit comprendre que je ne le ferais jamais en temps normal, mais je bénéficie actuellement de circonstances atténuantes.

« Tu es blessée ? Tu as reçu un coup sur la tête ?

— Non. » C'est la vérité. Je n'ai rien. L'accident était idiot, mais j'ai eu une chance incroyable.

Mon fourgon ne peut pas en dire autant. Il me fait de la peine, bloqué dans la neige.

« Tiens bon. Je vais te ramener à la maison, dit-il en commençant à marcher sur la route.

— Et mon fourgon ? » Je claque des dents, mais ce n'est pas seulement à cause du froid. De la sueur me coule dans le dos. J'ai une montée d'adrénaline.

« Deke et Channing vont s'en occuper, grommelle-t-il.

— Comment savent-ils que j'ai eu un accident ? » Même si je ne me plains pas. J'aurais pu rester assise des heures en frissonnant à attendre que quelqu'un passe sur la route et me voie.

Il s'arrête un instant. « J'avais un mauvais pressentiment.

— Un pressentiment ? Alors tu m'as suivie en voiture ? » Non, une seconde, je ne la vois nulle part. « Tu as couru ? Jusqu'ici ?

— Je voulais être sûr que tu allais bien », marmonne-t-il, presque trop bas pour que je l'entende.

Je me mords la lèvre pour dissimuler la joie qui m'envahit. Il n'a pas encore dit : « je te l'avais bien dit. » Je lui en suis reconnaissante. Il remonte la route en marchant. Non, en trottinant.

« Tu peux le dire. Tu peux me dire que tu m'avais prévenue.

— C'est ma faute si tu as eu un accident. »

Quoi ? « Non, pas du tout. C'est moi qui suis sortie de la route.

— C'est ma faute si tu es partie.

— Ce n'est pas... non. » Il ne peut pas vraiment le penser, c'est ridicule. J'observe son beau visage. Il ne quitte pas la route des yeux. Ses sourcils sombres sont froncés, sa mâchoire crispée. Un morceau du puzzle que représente Rafe se met en place. Il est le sergent, le chef de son groupe. Ouais, il donne des ordres à tout le monde, et c'est agaçant, mais c'est parce qu'il considère le bien-être de tous comme sa responsabilité. Il ferait sans doute n'importe quoi pour protéger son équipe. Il sera toujours en tête, mais il sera aussi le dernier à manger.

Je sais exactement comment il est, parce que je fonctionne de la même manière.

« Rafe, tu n'es pas responsable de moi. »

Il ne dit rien, mais je sens qu'il se retient de me contredire.

Je ne peux retenir un sourire. Cette nouvelle information sur Rafe m'étourdit. « Je sais que tu n'es pas d'accord.

— C'est mon rôle de veiller à ta sécurité », dit-il de cette façon qu'il a de s'exprimer, que je trouvais si agaçante. Comme s'il disait : « je sais ce qui est le mieux, point final. » Désormais, elle me réchauffe le cœur.

« Je suis une adulte, je peux prendre mes propres décisions. Je peux m'en aller si je le décide. Et quand j'ai un accident, c'est ma faute.

— Très bien.

— Très bien, dis-je à mon tour sur un ton que j'espère froid. Donc, c'est ma faute.

— D'accord, chérie. C'est ta faute.

— Tant que c'est clair. »

La commissure de sa bouche tressaille. Je la touche et lui soulève la lèvre en un véritable sourire en coin.

Nous nous disputons, mais nous sourions. Aimons-nous nous disputer ? Oh, mon Dieu, est-ce ainsi que nous flirtons ?

Son regard devient torride. Je baisse la main avant de faire quelque chose de ridicule, comme l'embrasser.

La nuit est-elle toujours froide ? J'ai l'impression de bouillir.

Rafe quitte la route et commence à marcher dans la colline. Puis il entre dans la forêt.

« Qu'est-ce que tu fais ?

— C'est plus rapide par là, marmonne-t-il.

— Pour un macho montagnard de l'extrême, peut-être. » Oups, j'ai parlé à voix haute.

Il sourit. Un vrai sourire, cette fois. « Un macho montagnard de l'extrême ?

— Tu as bien entendu. » Je lui enlace le cou et pose la tête sur son épaule. J'ajoute plus doucement : « Merci d'être venu me chercher. »

Il me serre contre lui. Sa mâchoire effleure le sommet de mon crâne lorsqu'il me murmure : « Je viendrai toujours te chercher. »

Chapitre Six

dèle
De retour au chalet, un rectangle noir se trouve dans l'allée là où le Humvee de Rafe est habituellement garé. « Deke et Channing ont pris ton Humvee ? » Je ne prétends pas ne pas avoir remarqué l'incroyable véhicule qu'il conduit.

Il a les lèvres pincées, comme s'il tentait de s'empêcher de sourire. « Il a de bons pneus. Il n'aura aucun problème sur la neige.

— C'était presque un *je te l'avais bien dit*. Tu dois te sentir mieux. » Sa mâchoire reste contractée, mais il n'est même pas essoufflé.

Je desserre les mains autour de ses épaules pendant qu'il remonte l'allée. C'était marrant d'être portée, mais c'est fini.

« On a dû les louper en passant à travers les bois. Comment ont-ils su qu'ils devaient aller chercher mon fourgon ?

— Je leur ai dit de le faire.

— Parce que tu avais un mauvais pressentiment, dis-je, dubitative.

— Oui. »

Hmm. Quelque chose ne colle pas, mais je suis trop perturbée pour y réfléchir. Je me suis peut-être bel et bien cogné la tête, finalement.

Sadie ouvre la porte dès que Rafe s'en approche. « Oh, mon Dieu, Adèle ! Tu vas bien ?

— Oui, je n'ai rien, dis-je en la saluant de la main. Je vais bien. Je suis sortie de la route, mais je pense qu'il n'y a pas de dégâts. »

Elle a toujours l'air inquiète, mais elle pousse un soupir rassuré. Rafe passe à côté d'elle sans s'arrêter et traverse le chalet en longues foulées. Il ne regarde ni à gauche ni à droite.

« Rafe, pose-moi.

— Non. »

Je commence à remuer. « Que va penser Sadie ? » Elle est toujours devant la porte. Elle semble à présent sur le point d'éclater de rire.

« Nous sommes adultes, tu te souviens ? On peut prendre nos propres décisions.

— Je ne pense pas que ce soit une bonne idée. » Rafe. Moi. Seuls.

« C'est une excellente idée.

— Pose-moi, s'il te plaît. » Je me débats, mais ça ne me mène nulle part. Dieu a donné des muscles supplémentaires à Rafe, et moi, je n'en ai presque aucun. « Rafe...

— Tais-toi », marmonne-t-il.

Qu'il est agaçant ! S'il s'agissait de n'importe quel autre homme, je le giflerais. Mais... j'ai envie de voir ce qu'il fera ensuite. Je me tais et le laisse me porter en haut de l'escalier, puis jusqu'au bout du couloir. On dirait bien que je vais découvrir la chambre de Rafe.

Elle est immense. Une cheminée occupe un pan entier de mur. Un énorme lit à baldaquin avec une tête de lit en cuir occupe une grande partie de la pièce. Un fauteuil en cuir est placé sur le côté, tourné vers les montagnes. Le mur arrière est presque entièrement composé de fenêtres. Il n'y a pas de rideaux, seulement une vue époustouflante de la chaîne de montagnes, couvertes de sapins enneigés. Le paysage semble assez proche pour que je puisse le toucher en tendant la main.

« Rafe, tu mets de la neige partout. » Je n'ai pas envie qu'il détruise ce beau parquet ou l'épais tapis. Il a un goût excellent pour la décoration, je dois le lui accorder. La pièce est sobre et masculine, mais reste confortable.

Il me pose devant la cheminée, mais ses grandes mains ne lâchent pas mon manteau. Avant que je comprenne ce qu'il fait, il en ouvre la fermeture éclair.

« J'ai besoin de vérifier que tu n'es pas blessée.

— Je vais bien, Rafe. C'était idiot, et tu... » Les mots se bloquent dans ma gorge. Je lui touche le poignet. « Tu avais raison pour les pneus. Et pour la neige.

— Laisse-moi faire, princesse. Laisse-moi m'assurer que tu n'as rien, dit-il en soulevant ma blouse en soie, révélant ma poitrine.

— Oh ! » Je m'étrangle de surprise. Je lève les bras pour le laisser retirer mon haut. Je porte un soutien-gorge en soie et en dentelle rose pâle qui brille sur ma peau brune. Les demi-bonnets me dénudent presque toute la poitrine et présentent mes seins comme des offrandes.

Un grondement presque animal vibre dans la gorge de Rafe. Il me dévore de ses yeux verts. « C'est joli, dit-il en baissant la fermeture éclair de ma jupe. Merde, si joli. » Sa voix est étranglée et gutturale. Je discerne sa passion dans ses mouvements, dans son regard.

« Qu-Qu'est-ce qu'on fait, là ? » Je voulais demander « qu'est-ce que tu fais », mais je reconnais que je suis partie prenante de la situation. C'est moi qui le laisse me déshabiller devant la cheminée. Un frisson d'excitation me traverse, et mon sexe se contracte.

« Un débrief.

— Un débrief ? » Ça a l'air officiel, très militaire, mais je n'ai aucune idée de ce que ça signifie.

« Mmm-hmm. D'abord, je vais t'examiner pour être sûr que tu n'es pas blessée, dit-il d'une voix grave. Et ensuite, je vais te punir pour t'être mise en danger.

— Pardon ?! » Malheureusement, ma voix chevrotante est plus émoustillée qu'affirmée.

Il fait glisser ma jupe et me déballe comme un paquet cadeau. Lorsque mes vêtements tombent par terre, il se fige et me dévore des yeux tel un chasseur ayant vu une biche.

Je m'humecte les lèvres. Je ne pensais pas que Rafe verrait mon porte-jarretelles et mes bas, mais ça ne m'a pas empêché de fantasmer sur un moment de ce genre quand je les ai mis ce matin.

« Que le ciel me vienne en aide », murmure-t-il en faisant remonter ses paumes tièdes sur mes cuisses. C'est une formulation originale, mais Rafe est un homme à part. « Tu les portes pour moi ?

— Non, je porte ce genre de lingerie tout le temps », dis-je avec assurance, bien que d'une voix quelque peu essouf-flée. C'est la vérité. Ma mémé pensait qu'une femme est plus sûre d'elle quand elle porte de la soie, du satin et de la dentelle. Un luxe secret qui n'appartient qu'à elle, et éventuellement à un partenaire, si elle le décide. C'est ainsi que j'ai toujours consacré une partie de mes revenus à m'acheter de beaux soutiens-gorge, de jolies nuisettes et culottes. Et, oui, même des porte-jarretelles.

Rafe a presque l'air en colère. Ou est-ce de la frustration ? « Tu veux dire que tu portes tout le temps ce genre de choses sous tes vêtements ?

— Bien sûr. » Je hausse les épaules et recule un peu pour lui montrer mon corps. Les lanières du porte-jarretelles descendent sur mes cuisses et retiennent mes bas en soie. L'ensemble encadre mon sexe à la perfection.

Rafe gronde doucement tout en explorant mon corps de ses mains. Ses caresses sont encore plus douces que je ne m'y attendais. Ses mains sont rêches, mais si délicates...

Je me mords la lèvre. J'ai menti. Je ne mets pas un porte-jarretelles tous les jours. En l'enfilant ce matin, j'ai imaginé que Rafe me tenait la taille, exactement comme il le fait maintenant.

Il s'agenouille devant moi. Son visage juste là où j'en ai besoin. Toute protestation que j'aurais pu émettre fond aussi vite que des flocons de neige sur une peau tiède. Il dépose un baiser sur ma culotte, juste au sommet de mon sexe.

D'une main, je le maintiens là. Il ouvre la bouche, et je me tortille en sentant son souffle chaud à travers le tissu fin. Il me mordille à travers la culotte. Je gémis.

« Tu m'as désobéi, princesse. » Au lieu d'être autoritaire, sa voix est séduisante. Je glapis lorsque ses dents effleurent l'intérieur de ma cuisse. Puis il passe la langue sur la zone qu'il a mordue. La sensation est incroyable. « Maintenant, tu vas découvrir comment c'est quand je te punis.

— Ah oui ? Comment est-ce ? » Mon ton est provocateur, parce que c'est notre façon de communiquer. Nous nous querellons. Nos échanges sont une constante joute verbale. Mais je suis vraiment curieuse. Rafe qui me punit ?

Ça ne devrait pas être sexy, pourtant mon entrejambe palpite.

Il fait mine de se redresser. Je tente de l'en empêcher en appuyant sur ses épaules, mais sans aucun effet. Ce mec est comme un bloc de pierre. Il a de nouveau ce sourire aux lèvres, ce qui me ravit au plus haut point. Il a l'air d'une autre personne quand il sourit. Sa beauté est encore plus dévastatrice, mais il paraît aussi plus jeune et moins renfermé sur lui-même.

Dans mon dos, ses grandes mains glissent jusqu'à mes fesses, puis les serrent sans douceur. « Je devrais t'allonger sur mon genou.

— Pourquoi tu ne le fais pas ? » Je le défie. J'essaie de jouer l'effarouchée, mais ma voix est avide, et je halète presque.

Il passe le bras sous mes genoux pour me porter, puis me pose debout à côté du lit et me fait tourner sur moi-même.

Je laisse échapper un gloussement étranglé tandis qu'il pousse mon buste vers le matelas et me donne une tape sur les fesses.

Le contact me fait sursauter, mais il me masse tout de suite pour faire disparaître la sensation de brûlure. « Mmm. »

C'est peut-être pour ça que je refusais que Rafe ait le dessus sur moi. Cette domination sexuelle qui me ramollit et me laisse frémissante.

Comme si je rendais les armes.

À un certain niveau, je savais peut-être que j'adorerais ça. À cet instant, j'en ai tellement envie que ça me terrifie. J'aime n'avoir besoin de personne. Surtout pas d'un homme comme Rafe.

Il me donne une autre tape brusque sur les fesses, très

sérieux. Ma culotte est trempée. Après m'avoir frotté la fesse, il passe les doigts sous l'élastique de la culotte et la déchire d'un geste sec. « Je la remplacerai, dit-il en jetant les lambeaux de tissu.

— Oh, mon Dieu. » Pourquoi est-ce si excitant ?

Il pose les mains derrière ma jambe, et je pousse un petit cri lorsqu'il détache l'une des lanières du porte-jarretelles. « Tu peux m'appeler sergent. »

Je ris. Il est un peu tard pour me vexer de son attitude autoritaire. Nous sommes passés à tout autre chose.

Il s'agit de sexe, purement et simplement. Et j'adore sa façon de jouer le jeu.

Il m'administre trois petites tapes. Cette fois, lorsqu'il me caresse les fesses, il glisse les doigts entre mes jambes.

Tout mon sexe se contracte, et je manque d'avoir un mini orgasme lorsqu'il effleure l'endroit le plus sensible. « Rafe..., dis-je d'un ton étranglé.

— C'est bien, princesse. » Il me caresse plus fermement entre les cuisses, puis passe le plat de la main, humide de mes sécrétions, sur mon clitoris.

« Tu aimes ça, ma belle ? »

J'adore qu'il me pose la question. Il n'aboie plus d'ordres. À l'écoute de mon corps, il fait attention à ce dont j'ai besoin.

Quand ai-je laissé quelqu'un faire quoi que ce soit pour moi ?

Je gémis et cambre le dos pour en réclamer davantage. « Ta punition me plaît. »

Rafe gronde de nouveau, puis il s'agenouille derrière moi. Il m'agrippe les cuisses avant de m'écarter les fesses de ses pouces. Puis il me fait reculer les hanches jusqu'à ce que mon sexe rencontre sa langue.

La sensation délicieuse me tire un cri. Rafe ne fait

preuve d'aucune retenue. Il me lape comme un affamé, d'une langue ferme et sûre. Il s'en sert pour me pénétrer, puis la fait passer sur mon clitoris. « Rafe... »

J'ai lu quelque part que les hommes — et les femmes, d'ailleurs — adorent entendre leur prénom pendant le sexe. Je n'y pensais pas quand j'ai gémi son prénom, mais sa réaction ne se fait pas attendre. Il crispe les mains autour de ma fesse et ma cuisse, et sa langue fouette mon entrejambe, puis me lèche sur toute la longueur de mon sexe jusqu'à mon anus.

« Oh, mon Dieu ! Rafe ! » Le contact me choque et me procure un plaisir incroyable. J'en veux plus, pourtant je me tortille pour me dérober, comme si je devais redouter l'orgasme que je sens approcher.

« Rafe... Rafe. *Rafe !* » Je jouis sur sa langue. Mon sexe se contracte autour du vide, mes jambes frémissent contre ses paumes. Il continue de me lécher jusqu'à ce que les sensations s'apaisent, puis il se redresse et passe un bras sous mon ventre pour me retourner sur le dos.

Il s'allonge sur moi, les yeux mi-clos et un sourire satisfait aux lèvres. « Tu es content de toi, je suppose, dis-je d'une voix douce en lui touchant le bras pour qu'il comprenne que je le taquine.

— C'est toi qui es contente, il me semble », répond-il en un murmure avant de m'embrasser. Mon plaisir brille sur ses lèvres.

J'ouvre le bouton de son jean, reconnaissante que son torse sublime soit déjà nu. « Presque », dis-je à voix basse. Ce n'est pas vrai, je suis déjà satisfaite, plus que je ne l'ai jamais été avec un homme, mais j'en veux encore. Au point où nous en sommes, j'ai besoin d'aller jusqu'au bout.

« C'est ça que tu veux ? » demande-t-il en retirant son

jean et son boxer. Épais et dur, son sexe se dresse dans ma direction.

« Oui. »

Il sort un préservatif de la table de chevet sans que j'aie besoin de lui demander. Bien sûr, Rafe est responsable. C'est son credo.

Je le lui prends des mains et ouvre l'emballage. Que dire ? Moi aussi, j'aime avoir le contrôle. « Viens ici. » Ma voix n'a jamais été si rauque. Rafe s'approche à genoux jusqu'à ce que je puisse refermer la main autour de la base de son sexe. Je m'assieds, puis le prends dans ma bouche. Je le suce avec application avant de dérouler le préservatif sur son érection. Lorsque je sens un frisson le traverser, je me sens aussi contente de moi qu'il en avait l'air un instant plus tôt.

Rafe baisse la tête et referme la bouche autour de mon sein droit. Il me suce le mamelon, mais je suis trop impatiente pour tolérer d'autres préliminaires. Je le repousse.

« Non. J'ai besoin de te sentir en moi.

— Tu essaies encore d'avoir le contrôle, je me trompe, ma belle ? » demande-t-il avec un regard amusé. Indulgent, même.

Sur ces mots, il me retourne sur le ventre et me donne une nouvelle tape sur les fesses. Ça ne me dérange pas, parce que je sens bientôt son gland entre mes jambes. « Ouiii... » Je gémis, puis grogne lorsqu'il me pénètre d'un profond coup de reins. Une fois entièrement en moi, il se fige pendant que des ondes de plaisir se déploient depuis mon bas-ventre. « Ça va ?

— C'est un peu tard pour demander, non ? » Mon ton est narquois, mais être emplie par Rafe est une sensation merveilleuse.

Il me punit en s'immobilisant.

Je remue les fesses.

« Tu veux me sentir, princesse ? »

J'essaie de reculer le bassin pour le prendre encore plus profondément en moi. Je finis par avouer : « Oui. »

Il émet un grondement de satisfaction, puis recule avant de replonger.

Je pousse un long gémissement et l'encourage. « Oui, comme ça…

— Tu as envie que je te baise ? » Il m'aguiche, mais ça m'est égal. Lorsqu'il me plaque les avant-bras sur le lit, mon corps devient électrique, tremblant, désespéré de voir ce qu'il fera ensuite.

« Tu aimes être maintenue, hein ? » J'ignore comment il l'a deviné, mais il a raison. Je me suis liquéfiée dès qu'il m'a empêchée de bouger. « Tu ne te soumets qu'à un alpha ? »

J'aimerais bien comprendre le sens de ses mots, mais je suis incapable d'y réfléchir. Il commence à remuer, envoyant des raz-de-marée de plaisir s'écraser à travers moi à chaque aller-retour parfait.

« Laisse-toi aller, princesse. Je vais te donner ce dont tu as besoin. » Il augmente la force de ses coups de bassin.

Je peine à faire fonctionner mon cerveau. « Oui », dis-je sans avoir prévu de répondre. Mais c'est trop tard, c'est comme si un bouchon avait sauté et que je ne pouvais plus tenir ma langue. « C'est ce dont j'ai besoin. C'est exactement ce dont j'ai besoin.

— Merde, oui ! » Derrière moi, Rafe accélère le rythme, exalté. Son bassin me frappe les fesses. « Je vais te donner ce qu'il te faut », me promet-il avec le même élan désinhibé que moi. Il se déhanche derrière moi, me rend folle. « Tu peux jouir sur commande, Adèle ?

— Hmm ? »

Ne comprenant pas la question, je ne réponds pas. Je

suis presque sûre que mon cerveau s'est déconnecté dès que Rafe a commencé à me déshabiller.

Je ne peux que me cambrer contre lui pour lui montrer à quel point je le désire. Combien j'ai besoin de plus.

« Quand je te le dirai, je veux que tu jouisses pour moi. Tu comprends ? »

J'ouvre la bouche en un cri silencieux. Mon orgasme est si proche.

« *Maintenant*, Adèle », ordonne-t-il.

Mon corps obéit comme un coureur ayant entendu le signal du départ. L'orgasme se déploie violemment à travers moi et me catapulte dans l'espace. Mes yeux se révulsent, j'enfouis le visage dans la couverture.

Distraitement, j'entends Rafe crier et comprends qu'il jouit, son bel orgasme parfaitement synchronisé avec le mien. Malgré les sensations, il continue ses va-et-vient en de lentes ondulations du bassin, caressant l'intérieur de mon sexe comme une chanson d'amour. Comme une tendre étreinte.

Ses lèvres trouvent mon épaule, puis ma nuque. Il me libère les bras et repousse mes boucles pour m'embrasser le long de la mâchoire. « Tu es si belle, Adèle. Splendide. »

* * *

Rafe

« T-toi aussi, tu es splendide », halète-t-elle.

Je repousse ma prise de conscience à grand-peine. J'ai envie de la marquer. Ce que mes frères de meute m'ont dit est vrai.

Adèle est ma compagne. Je ne peux pas trop y réfléchir,

tout comme je ne peux pas libérer mon loup et le laisser la revendiquer. Je ne suis pas en mesure de prendre une compagne. Je suis l'alpha d'une unité de mercenaires métamorphes qui prend part aux missions les plus dangereuses jamais inventées.

Adèle, cette femme incroyable, talentueuse, impétueuse et sublime, est une humaine. Fragile. Délicate. Si je m'unissais à elle, nous aurions des enfants, et non des louveteaux. Eux aussi seraient fragiles. Je ne peux pas vivre dans la crainte de perdre à nouveau quelqu'un que j'aime. Je refuse de vivre ainsi.

C'est tout simplement trop dur à supporter. Je me suis déjà bien assez inquiété pour elle ce soir.

« Tu me laisseras prendre soin de toi, maintenant ? » Je ne peux m'empêcher de redevenir autoritaire.

Elle se retourne sur le lit et lève ses yeux à la teinte cannelle vers moi.

« C'était quoi, cette dispute ? Avec Channing, puis avec Deke ? Tu as agi comme un fou.

— Je t'ai fait peur ? Princesse, je ne te ferais jamais de mal, dis-je à voix basse.

— Pff, je le sais bien. Mais tu voulais leur faire du mal, à eux. »

Je hausse les épaules. Je ne peux pas lui expliquer la dynamique d'une meute. « On se défoulait un peu, rien de plus. »

Elle lève les yeux au ciel, mais n'insiste pas. Je l'entends marmonner dans sa barbe quelque chose sur les machos qui mangent trop de viande.

« Tu m'as fait peur, ce soir, dis-je en lui caressant la joue du pouce.

— Tu as perdu quelqu'un ? »

Je recule, le souffle coupé. J'ai besoin d'un moment pour

retrouver ma voix. Quand j'y parviens, elle est rouillée. Hantée. « Qu'est-ce qui te fait penser ça ?

— C'est pour ça que tu t'efforces tant de protéger tous ceux qui t'entourent et de tout contrôler ?

— Pff, tu n'en sais rien.

— Tu as fait partie des forces d'opérations spéciales. Il n'est pas difficile de supposer que tu as pu perdre des frères d'armes », dit-elle en haussant les épaules.

Elle a raison. Je suis allé dans des zones de guerre. Certaines pertes humaines me hantent à ce jour. « C'est vrai.

— Il y a eu un traumatisme en particulier. » La tête penchée, elle m'observe dans le noir.

Sa perspicacité me surprend. Je ne l'avais pas encore remarquée parce que jusqu'alors, nous avons passé notre temps à nous chamailler. Lorsqu'elle se montrait insolente et me taquinait, il n'y avait pas de place pour la vulnérabilité. C'est peut-être pour ça que nous apprécions tant nos disputes. Elles sont une forme de protection.

Je me lève pour jeter le préservatif.

Elle ne bouge pas, comme si elle attendait ma réponse.

La chambre est plongée dans l'obscurité. Il fait sans doute trop sombre pour qu'elle me distingue nettement, ce qui m'aide. Je reviens m'allonger à côté d'elle sur le lit et caresse son ventre plat du bout des doigts. Elle porte toujours son ensemble sexy, à part la culotte que j'ai déchirée — je la garderai en souvenir.

Sa proximité est un baume sur une blessure à demi cicatrisée. Sa présence m'aide à continuer.

« Nous avons perdu nos parents. Lance et moi. Ils ont été... » J'hésite. Je n'ai pas envie de raconter cette histoire épouvantable à Adèle. « ... assassinés. »

Elle retient son souffle et vient se coller contre moi.

J'ai envie de continuer, même si je n'en ai jamais parlé à un humain. Les mots s'échappent de ma bouche comme une confession : « Ils ont été abattus. C'est Lance et moi qui avons trouvé leurs corps.

— Oh, mon Dieu ! Je suis vraiment désolée, Rafe. Tu avais quel âge ? »

Je ferme les yeux. *Les corps de mes parents, des plaies rouges — celles de leurs agresseurs — marquant leurs visages et leurs mains...* « Quinze ans. Lance avait onze ans. J'ai demandé à nous maintenir ensemble en foyer d'accueil jusqu'à ce que je puisse obtenir sa garde. C'est pour ça que je suis entré dans l'armée. Pour pouvoir m'occuper de lui. » Il ne s'agissait pas d'une maison d'accueil humaine. Une autre meute nous a recueillis, mais j'ai tout de même dû me battre pour ne pas être séparé de Lance. Il était la seule famille qui me restait.

Adèle me caresse l'épaule, puis le bras. « C'est un énorme traumatisme. Je comprends pourquoi il te marque toujours autant. »

Je grogne. Je n'ai jamais considéré mon besoin de protéger mon entourage comme un signe de dysfonctionnement... la conséquence d'un traumatisme. Après tout, je suis un alpha. Protéger la meute est mon devoir, littéralement. Mais à l'idée de ne plus éprouver cette crainte constante que mes proches meurent, les larmes me montent aux yeux.

Comme si une version alternative de moi-même, une version plus saine et plus apaisée pouvait éprouver de la sérénité et un sentiment de puissance, plutôt qu'un traumatisme et un brutal besoin de vengeance.

« Je cherche à faire mon deuil depuis longtemps, dis-je d'une voix rauque dans l'obscurité.

— Faire ton deuil... j'imagine que tu ne parles pas d'un suivi psychologique pour t'aider à pardonner.

— Non. Je parle de vengeance. » Faire mon deuil passe par la mort lente et douloureuse de ceux qui ont tué nos parents. Je serre les dents lorsque je revois Gabriel Dieter me secouer l'information sous le nez. Sait-il vraiment qui les a assassinés ? Était-ce lui ? Qu'il soit humain ou non, j'ai l'intention de le traquer pour le découvrir. « J'ai besoin que justice soit faite.

— Ma mémé avait coutume de dire qu'on n'a besoin que de soi-même pour avancer. Qu'on est bien plus fort une fois qu'on l'a compris.

— Mmm. » J'ai trop aimé voir jouir ma compagne pour la contredire ouvertement.

Elle rit à voix basse. « Je sais, je n'ai jamais adhéré à l'idée non plus, mais... et si tu pouvais faire ton deuil sans t'imposer de te venger ? Si tu cessais de t'accrocher à cette tragédie et que tu ne la laissais plus dicter ta vie ? »

Je me sens soudain exténué. Comme écrasé par le besoin de protéger toutes les personnes autour de moi et de venger mes parents. La mort a été si présente dans ma vie. Tous les fantômes de mon passé me passent en tête. Mes frères d'armes tombés au combat. Les hommes, les humains engagés qui sont morts à mes côtés. Mes parents. Je n'ai pas réussi à les sauver. Je n'ai pas pu les protéger. En tant qu'alpha, c'est à moi de protéger ma meute métamorphe. À moi de la garder en vie.

« S'il te plaît, laisse-moi changer tes pneus. »

Adèle hésite. Je crains qu'elle ne continue à me rendre fou, mais elle finit par accepter. « D'accord, mais tu retiens leur coût sur ma paie. Enfin, si je ne suis pas licenciée.

— Tu n'es pas licenciée. Tant que tu arrêtes de flirter avec Channing.

— Tu es ridicule, dit-elle avec un rire ensommeillé. Et si tu essayais de flirter, toi ?

— Je préfère t'agacer.

— Ridicule », murmure-t-elle. Mais sa respiration devient plus profonde, et elle s'endort dans mes bras.

Merde. Avec Adèle dans mon lit, j'ignore comment je réussirai à fermer l'œil cette nuit.

Chapitre Sept

R *afe*

« Alors, tu l'as marquée ? » me demande Channing comme un gros débile dès que j'entre dans le garage à six heures du matin. Même Deke, qui remplace les pneus du fourgon, lève la tête.

Je me frotte le visage. Je n'ai pas dormi la nuit dernière. Je l'ai passée à batailler contre mon loup pour garder le contrôle, et me suis levé à cinq heures. Si j'étais resté regarder Adèle dormir, j'aurais fini par la baiser de nouveau. Et probablement par la marquer. C'est la dernière chose que je souhaite faire.

J'avais besoin de m'éloigner d'elle et je n'avais pas le cœur de la réveiller. Elle est toujours endormie dans mon lit.

À sa place, remarque mon loup d'un air suffisant.

« Non, dis-je sèchement. Bien sûr que non. Je ne vais ni marquer Adèle ni la revendiquer comme compagne. » Je ponctue ma réponse d'un coup de pied dans un morceau de métal sur mon chemin... la stupide « sculpture ». Projetée à travers la porte du garage en tourbillonnant sur elle-même, elle rebondit dans l'allée et s'arrête sur l'herbe.

« Doucement. » Channing lève les mains. Il échange un regard avec Deke, comme s'ils se rappelaient en silence de marcher sur des œufs en ma présence.

« Mais c'est ta compagne, pourtant ? » demande Deke.

Je croise les bras. « Quoi, tu veux qu'on en parle ? Qu'on ait une conversation à cœur ouvert, c'est ça ?

— Tout à fait, répond-il en posant la clé avant d'imiter ma posture. Si c'est ta compagne, et ça paraît évident, tu dois la revendiquer. »

Oui ! crie mon loup.

« Non.

— Tu n'as pas le choix. Tu es un alpha. Sinon, la lune te fera perdre la tête. »

Merde, il a raison. Channing s'accroupit derrière le véhicule d'Adèle. Il remplace les pneus pour sortir de la conversation. Malin de sa part. Mon loup ne considère pas Deke comme une menace parce qu'il a déjà une compagne.

« Je ne peux pas.

— Alors, passons les options en revue. Dans le pire des cas, la lune te rendra fou, dit-il en levant l'index. Complètement barjo. Et tu es tellement dominant que toute la meute ne sera pas de trop pour te neutraliser. Ce qui signifie qu'on risque d'être blessés.

— On n'en arrivera pas là. » Même moi, je peux entendre le mensonge dans ma voix.

Deke lève un deuxième doigt. « Lance a une nouvelle compagne. Ils vont avoir un enfant. Si tu deviens fou, on devra t'éliminer. Donc, un combat jusqu'à la mort. Tu pourrais blesser ton frère. Ou le tuer, et son bébé grandira sans la protection et le soutien d'un père.

— Merde », dis-je entre mes dents. Deke hoche la tête. Il

sait qu'il retourne le couteau dans la plaie. J'ai envie de le rouer de coups, mais je ne bouge pas. Il a raison, et je mérite d'entendre la vérité. Aussi douloureuse soit-elle.

« Dans le meilleur des cas, tu restes à cran et tu deviens un peu plus désespéré à chaque mois qui passe. Tu tiendras peut-être un an ou deux avant que le mal de lune ne nous oblige à te mettre hors d'état de nuire.

— Je partirai avant que ça se produise.

— Tu n'auras plus toute ta tête. Ton loup prendra le dessus et te rendra fou. Et je tiens trop à toi pour te laisser faire alors qu'il existe une solution simple : revendiquer Adèle.

— Tu es bavard, ce matin.

— J'ai une compagne, maintenant, rétorque-t-il. Je ne déconne plus. La question, c'est pourquoi le fais-tu ?

— Oooh ! s'exclame Channing en levant la tête par-dessus le fourgon. Dans tes dents !

— La ferme ! » Deke et moi avons parlé en chœur. Nous nous foudroyons du regard, les bras croisés. Après une minute, le regard du loup de Deke brille dans ses yeux, mais il baisse la tête pour montrer qu'il respecte mon autorité.

« Je ne peux pas la revendiquer », dis-je en me détournant. Des images m'emplissent l'esprit : les cadavres de mes parents, étendus sur le plancher. Le visage blême de mon frère. Il n'était qu'un gamin, et moi un ado lorsque nous avons tout perdu. Le besoin de vengeance m'a hanté chaque jour depuis.

Je ne peux pas revivre une telle souffrance. Je refuse de le faire.

Channing me tire de ma rêverie. « Sergent ?

— Fais une révision complète après avoir remplacé les pneus. Quand Adèle se réveillera, donne-lui ses clés pour qu'elle puisse rentrer chez elle.

— Tu seras là ? demande Deke.

— Non. Je vais patrouiller. » J'ignore le hurlement angoissé de mon loup. Une course d'une cinquantaine de kilomètres devrait me défouler un peu. Au grand minimum, elle m'éloignera d'ici. Le plus loin possible d'Adèle, voilà où je dois me trouver.

* * *

Adèle

« Alors, comment se passe ton nouveau boulot ? me demande Tabitha alors que nous sortons du café.

— Hum, bien. » J'enfonce les mains dans mes poches. C'est faux. Je n'ai aucune idée de comment se passe mon nouveau boulot. J'ai passé les dernières vingt-quatre heures à tenter de ne pas y penser.

Deux nuits plus tôt, j'ai couché avec Rafe. J'ai du mal à croire que seulement quelques jours auparavant, je regardais avec envie l'escalier menant à sa chambre en me demandant s'il dormait nu. Maintenant, je le sais. Il dort dans le plus simple appareil, son corps délicieux étendu comme un festin pour les yeux.

Mais il se lève ensuite avant l'aube. Non seulement je me suis réveillée seule dans son lit, mais il n'a même pas attendu mon réveil pour s'en aller. C'est Deke qui m'a donné les clés de mon véhicule.

D'un côté, mon fourgon a bénéficié d'une révision complète et il est équipé de pneus neufs. C'était sympa.

D'un autre, Rafe *est parti, putain.* J'ai dû rassembler mes affaires et quitter le chalet devant tout le monde dans ma tenue de la veille, et *sans culotte...* je n'ai pas retrouvé celle qu'il a déchirée. Bien sûr, tout le monde sait que j'ai passé la nuit dans la chambre de Rafe et qu'il est parti avant mon réveil.

Tu parles d'une situation gênante.

Deke et Channing m'ont servi une excuse bidon, comme quoi Rafe avait beaucoup de travail cette semaine. Je ne l'ai pas vu hier lorsque je suis venue apporter le déjeuner et préparer le dîner. J'ai passé tout le temps à fulminer, à cogner les casseroles et les poêles. J'ai grillé sa côtelette de porc jusqu'à ce qu'elle soit trop cuite, puis carbonisé la couche de caramel sur sa crème brûlée. Après quelques jours à travailler pour Rafe, je pourrais écrire un livre de recettes passives-agressives.

Il a remplacé la culotte qu'il a déchirée. Comme un trouduc, typique de sa part : hier soir, cet enfoiré m'a envoyé *une carte cadeau pour une boutique de lingerie par e-mail.* J'ai failli lui répondre d'aller se faire foutre.

Si je n'ai pas démissionné, c'est vraiment parce que j'ai besoin de cet emploi. Le salaire promis par Rafe remplit agréablement mon compte bancaire. Encore quelques semaines, et je pourrai effectuer un premier paiement auprès du propriétaire de la chocolaterie.

Tabitha jette son gobelet vide dans une poubelle publique et m'emboîte le pas. « Eh ben, quel enthousiasme, remarque-t-elle. Allez, tu avais une bonne raison de vouloir prendre un café ensemble sans Charlie et Sadie. Raconte-moi.

— Ce n'est pas que je ne veux pas leur en parler. » Elles savent désormais que j'ai passé la nuit avec Rafe. « Elles ne me jugeront pas, mais...

— Elles sont heureuses et en couple. J'ai vu Charlie et Lance acheter des vêtements pour bébé, l'autre jour. C'était tellement adorable que c'en était douloureux. » Le regard pétillant de Tabitha m'indique qu'elle plaisante. « J'en ai eu des crampes aux ovaires. Et ensuite, mes hormones se sont emballées, et j'ai failli sauter sur le facteur. Celui avec un début de calvitie et des dents pourries.

— Oh, mon Dieu, pareil, dis-je en riant. J'adore les voir tous les deux, mais quand j'ai accompagné Charlie pour choisir de la peinture pour la chambre du bébé, j'étais à deux doigts d'acheter un pot de bleu pastel et du papier peint décoré avec de petits éléphants.

— C'est fou, hein ? » Nous pouffons. Je me sens déjà plus légère. Passer du temps avec Tabitha était une bonne idée. « Mon utérus me harcèle pour savoir quand je compte donner des petits-enfants à ma mère.

— Ce n'est pas plutôt ta mère qui t'appelle pour te poser la question ?

— Non, répond-elle avec une grimace. Elle me demande si elle peut me présenter des rentiers milliardaires new-yorkais au menton fuyant. Et quand je refuse, elle se lamente sur mon choix d'avoir mis un terme à ma carrière de mannequin. Selon elle, il n'y a pas mieux que les *afters* des défilés à Milan pour rencontrer un *sugar daddy*. C'est moi qui emploie ce terme, pas elle. » Elle me prend le bras, et nous traversons la rue. « Et ta mère ? Elle aimerait que tu leur présentes quelqu'un à Noël ?

— Non. Mes parents souhaitent toujours que j'entre en école de médecine et que je devienne médecin, comme eux.

— Et ton entreprise ?

— Ils n'y ont jamais cru. » Mémé était la seule à m'encourager à croire en mes rêves. « Mais j'ai eu une opportunité pour continuer. » Je lui parle du salaire exorbitant que Rafe m'a proposé.

« Bon, c'est super, dit Tabitha après une pause. Alors, où est le problème ?

— C'est Rafe. C'est un connard. Et il est aussi...

— Très, très séduisant ? complète mon amie avec un sourire diabolique.

— Tabitha !

— Quoi, je n'ai pas le droit de regarder ? C'est vrai.

— Oui, c'est vrai, dis-je en me mordant la lèvre. Et on... » Je n'arrive pas à le dire. Je rencontre son regard et rougis.

« Oh, je vois. Bien joué, ma poule ! dit-elle en me tapant dans la main.

— Ce n'est pas si simple. » Je lui raconte toute l'histoire d'un bloc.

« Il est parti ? s'écrie-t-elle presque.

— Oui... mais... » Je m'aperçois que j'ai envie de trouver des excuses à Rafe. De le défendre. « Il m'a raconté des choses... » J'hésite à partager ses confidences. « Il s'est confié à moi, Tabitha. Il m'a parlé de son adolescence et il m'a expliqué qu'il a dû s'occuper de son frère très jeune. C'est pour ça qu'il est entré dans l'armée.

— Et après s'être confié à toi, au matin, il a pris ses jambes à son cou.

— Oui.

— Comme un gros bébé.

— Il n'a rien d'un bébé, et tout d'un homme. Il a énormément souffert, Tabitha. Je préfère ne pas en dire trop... mais il a vécu un véritable traumatisme. Il l'affecte beaucoup. Et je pense que se rapprocher de moi le réactive.

— On dirait qu'il souffre de stress post-traumatique.

— Exactement.

— Eh bien, ce n'est pas mon genre de juger. Mais les relations entre employeur et employée...

— Je sais. C'est une mauvaise idée.

— Je suis peut-être un peu traumatisée, moi aussi, après avoir vu ma mère séduire ses patrons. Ses patrons *mariés*.

— Argh. » Nous marchons pendant un pâté de maisons en silence.

« Alors, qu'est-ce que tu vas faire ? me demande Tabitha.

— Je ne sais pas. Cet emploi me plaît. » Dois-je en trouver un autre ? Puis-je trouver une aussi bonne place ailleurs ?

« Si tu continues à travailler pour Rafe, comment est-ce que tu te comporteras avec lui ?

— Je ne sais pas non plus. » Lui pardonner, puis l'ignorer ? Réussirai-je à l'ignorer ? « Je ne regrette pas d'avoir couché avec lui. » Il m'a permis d'oublier totalement mes problèmes pendant un moment.

« Tu peux toujours te lancer dans le gardiennage de chats, dit Tabitha en repoussant ses longs cheveux raides de devant son visage. C'est ce que je fais quand j'ai besoin d'argent.

— Non, merci, je te laisse ce secteur. » Tabitha a une nature insouciante. Depuis que je la connais, elle n'a jamais eu d'emploi traditionnel. Elle réussit à payer ses factures grâce à un mélange d'activités : en vendant les bijoux qu'elle fabrique, en gardant des chats et en transformant de super robes rétro qu'elle trouve dans des ventes aux enchères.

Cet après-midi, elle porte un pantalon à pattes d'éléphant et un haut court sous son manteau vintage. Sa tenue réussit à être tendance de la façon la plus rétro possible. Tabitha a toujours du flair pour les modes. Si elle en avait envie, elle pourrait vendre ses créations en ligne et très bien gagner sa vie, mais quand je le lui ai suggéré il y a quelques années, elle a plissé le nez et m'a répondu que ça avait l'air de beaucoup de travail et de soucis.

« Tu n'as pas froid ? Je suis frigorifiée, dis-je en me frottant les mains.

— Pas vraiment. J'ai le sang chaud », répond-elle avec un haussement d'épaules. Elle fouille dans son grand sac en macramé et en sort une écharpe. « Tiens. Un cadeau de Noël en avance. C'est moi qui l'ai tricotée.

— Merci. » L'écharpe en laine de teinte café s'accordera avec toute ma garde-robe. Tabitha me la passe autour des épaules. Elle est aussi légère qu'un nuage autour de mon cou. Je touche la frange douce. « Mon Dieu, c'est du cachemire ?

— Ouais, il m'en restait après avoir tricoté un pull pour une commande. » Tabitha arrange l'écharpe autour de mon cou jusqu'à ce qu'elle soit satisfaite du résultat. « En fait, tu me rends service. Elle ne va avec aucune de mes tenues.

— Eh bien, merci. Tu as des projets pour les fêtes ? Tu vas aller voir ta mère ?

— Mon Dieu, non, grimace-t-elle. Elle est aux Seychelles jusqu'en février. Je pars en *road trip* jusqu'à une convention de joailliers au Texas. J'ai prévu d'assister à plusieurs ventes aux enchères sur la route à l'aller et au retour. Si tu m'appelles et que tu tombes directement sur la messagerie, c'est que je serai dans le canyon. »

Nous nous étreignons, puis Tabitha s'éloigne à grandes enjambées. Je continue ma route vers la place.

Je presse le pas lorsque je passe devant la ruelle pavée qui mène au Chocolatier. Je ne veux pas voir ma boutique ainsi, la vitrine sombre et un panneau « fermé » sur la porte. Je souhaite l'imaginer vivement éclairée et remplie de clients comblés.

Que disait toujours Mémé ? *Visualise ce que tu désires. Ne pense pas au problème ; visualise la solution.*

Lorsqu'elle était jeune et sans le sou, ma mémé a visualisé ce qu'elle souhaitait créer. Elle m'a raconté qu'elle s'est tenue sur le trottoir devant le bâtiment qui deviendrait sa pension. Elle a imaginé la porte d'entrée s'ouvrir sans cesse au gré des allées et venues de clients discutant et riant. Elle s'est imaginée vivre longtemps et s'enrichir. Porter une bague à chaque doigt et des bracelets d'émeraude aux poignets. Et elle a bâti une affaire florissante qui a permis de faire vivre sa famille. Même après avoir vendu la pension, elle a eu les moyens de financer les études de ma mère tout en vivant confortablement. *Aucun homme ne me l'a donnée*, avait-elle coutume de dire en touchant sa bague en diamant. Elle a aussi payé les études universitaires de tous ses petits-enfants, pourtant nous avons tous touché un héritage à son décès.

C'est cet héritage qui a constitué mon capital de départ pour ouvrir ma chocolaterie. *Je suis désolée, Mémé. Je vais perdre la boutique, et je ne sais pas quoi faire.*

Si elle était là, elle sourirait en touchant sa bague en diamant, puis son bracelet d'émeraudes. *Tu n'as rien perdu, ma chérie. À partir de rien, un chemin sera fait. La réalité te suivra. Montre-lui le chemin.*

Il me reste quelques minutes avant de retrouver Sadie pour acheter des cadeaux de Noël.

Je m'arrête à côté d'une jardinière couverte de neige et ferme les yeux. *Visualise ce que tu désires.* Le Chocolatier apparaît dans mon esprit. La porte et la vitrine sont propres et brillantes, des clients souriants entrent et sortent, chacun tenant un ou deux sacs blancs à la main. L'odeur de caramel et de chocolat s'accroche à leurs manteaux. Dans les sacs, un peu de chaleur et d'amour sous forme de chocolats fourrés et de truffes couvertes de sucre.

Lorsque j'ouvre les yeux, je souris jusqu'aux oreilles. Ça fonctionne !

Je continue à marcher sur le trottoir en laissant mon rêve se développer. Des clients satisfaits, une boutique florissante, un propriétaire heureux. De l'argent qui s'accumule sur mon compte en banque. De nouveaux vêtements en soie et en satin, de la lingerie achetée dans mes boutiques préférées. De la dentelle contre ma peau, de quoi rendre Rafe fou...

Je l'imagine tout à coup. Sa chevelure noire est ébouriffée, sa bouche courbée en un petit sourire sûr de lui. Son regard sombre m'attire tandis qu'il se redresse de toute sa hauteur, plus d'un mètre quatre-vingts de muscles incroyables. Une petite ligne de poils sombre descend de son nombril dans son pantalon noir. Puis le pantalon disparaît...

Oh, Seigneur. Je pile net et pose la main sur ma poitrine. *Non, non, non, Mémé. Ce n'est pas ce que je veux.* Il m'a abandonnée hier matin. Il n'est même pas resté pour me rendre la clé de mon fourgon.

Il ne veut pas de moi, ce qui me contrarie. Mais le plus agaçant... Pourquoi est-il le plus raisonnable d'entre nous ? C'est moi qui suis censée repousser ses avances pour garder cet emploi confortable et réouvrir ma chocolaterie au plus vite.

La chocolaterie. C'est pour elle que je fais tout ça. Je n'ai pas besoin d'un homme, mince !

Je ferme les yeux et tente à nouveau de visualiser ce que je désire, mais je ne vois que Rafe, torse nu, ou sans pantalon.

Nom de Dieu ! « Sors de ma tête, Rafe à poil, dis-je en marmonnant.

— Quoi ? » demande quelqu'un derrière moi. Je fais un bond d'environ cinq mètres, et quand je me retourne, je découvre Rafe sur mes talons. Il m'empêche de perdre l'équilibre en me rattrapant par les pans de mon manteau.

Comment un homme si massif peut-il se déplacer de façon si silencieuse ?

« Rien, dis-je sur un ton glacial. Qu'est-ce que tu fais là ? Tu me suivais ?

— Si je te suivais, tu ne remarquerais rien. » Mon cœur s'accélère. « Je dois retrouver Deke et je t'ai vue sur le trottoir d'en face. Tu avais l'air de faire un infarctus.

— Les symptômes d'un infarctus sont très différents pour un homme et une femme. » Je parle sèchement, parce que je lui en veux toujours. « Les femmes n'ont pas toujours mal à la poitrine... » Puis je me tais, parce que... pourquoi suis-je en train de me disputer avec Rafe à propos des symptômes d'un infarctus au milieu de la place ? En réalité, j'ai envie de le gifler, de me mettre à pleurer et de lui demander pourquoi il est parti. Où il était ces deux derniers jours.

Il referme sa main sur la mienne. Mon cœur menace de bondir hors de ma poitrine. « D'accord, princesse, dit-il, apaisant. Si ce n'était pas une crise cardiaque, qu'est-ce qui t'arrivait ? »

Une crise de Rafe. Mais non, je ne peux pas lui dire une chose pareille.

Je passe l'écharpe offerte par Tabitha sur mon épaule. Rafe est si proche de moi que la frange le frappe au visage. Oups. « Rien. Je vais bien », dis-je en tentant de rassembler ce qui me reste de dignité. J'imagine que nous ne parlerons pas de notre nuit ensemble. Ça me va. Lorsque je me remets à marcher, je glisse sur du verglas et ma jambe se dérobe.

Je percute le torse dur de Rafe et me retrouve dans ses bras, collée à lui comme si nous étions deux danseurs de tango posant pour le final d'une chorégraphie.

« Tu portes encore ces bottes, dit-il en foudroyant mes talons du regard. Comment est-ce que tu marches dans la neige avec ces trucs ?

— De façon élégante. » *Sauf quand tu es dans les parages.*

Il s'assure que je tiens sur mes pieds avant de me lâcher. Je lisse mes vêtements de façon théâtrale. Après un moment, il repousse mes mains et ajuste mon manteau pour moi.

« Tu ferais mieux de porter des chaussures adaptées, princesse. Je ne serai pas toujours là pour te rattraper quand tu tombes », dit-il de sa voix bourrue. Elle me fait immanquablement de l'effet. Chaque mot fait naître de la chair de poule sur ma peau.

J'avais une réplique incisive sur le bout de la langue, mais il m'a suffi de lever les yeux vers son visage pour l'oublier.

Il me regarde comme si j'étais un délicieux cupcake et qu'il était affamé.

Il a toujours les mains sur mon manteau. Je sens leur chaleur pénétrer mes couches d'habits jusqu'à ma peau.

Il soupire, puis ajuste mon écharpe avec précaution, ce qui me donne l'impression qu'il a envie de me déshabiller. « C'est doux », dit-il en caressant la laine entre le pouce et le majeur. Je sens le fantôme de ses caresses entre mes cuisses.

« C'est un cadeau de Tabitha, dis-je avant de m'humecter les lèvres. Pourquoi est-ce que tu m'appelles comme ça ?

— Comment ?

— Princesse.

— Parce que tu es exigeante.

— Ah oui ? » Seigneur, cet homme me donne envie de lui arracher la tête chaque fois qu'il ouvre la bouche. Si Mémé était là, elle dirait qu'en réalité, c'est parce que j'ai envie de lui arracher ses vêtements.

Je suis contente que Mémé ne soit pas là pour voir sa petite-fille préférée se ridiculiser devant un homme.

« Je ne suis pas exigeante. J'aime prendre soin de moi, être bien mise et avoir l'air élégante. Et puis, quelle importance ? » Je hausse une épaule. « Mes exigences ne te concernent pas.

— C'est vrai, dit-il en penchant la tête de côté. Je profite simplement du résultat. » Une lumière vive illumine un instant ses yeux. Son regard me réchauffe de la tête aux pieds.

Rafe a l'air légèrement plus mince. Ses joues sont un peu plus creusées, ses pommettes plus saillantes. Une forêt d'ombres se dissimule derrière ses yeux. Sa chevelure sombre lui tombe devant le visage, et je meurs d'envie de la repousser. Il semble surmené et manquer de sommeil.

Mon premier réflexe est de lui demander s'il a mangé, puis de lui ordonner de se mettre à table afin que je puisse le nourrir. Lui servir une assiette pleine à ras bord et rester assise auprès de lui pour m'assurer qu'il la termine. Puis m'asseoir sur ses genoux et le chevaucher pour le récompenser...

Je reste interdite. Mince, d'où cette pensée est-elle venue ?

Il me regarde droit dans les yeux sans ciller.

« Où est ton manteau ? Il gèle, dehors. »

Comme à son habitude, il porte un Henley noir et une veste. Ses joues bronzées sont gercées. Il ne porte même pas de bonnet. Je vois la chaleur de son corps s'échapper par le sommet de son crâne.

« Tu t'inquiètes pour moi ? demande-t-il avec un regard brûlant.

— Si tu trouves que *ma* tenue n'est pas adaptée... »

Une lueur verte illumine son regard. Mais je dois

m'imaginer des choses. Ou alors, une illumination de Noël s'est reflétée dans ses yeux. Quelque chose du genre.

Je lui saisis le bras et me place devant lui pour examiner ses yeux. « Laisse-moi voir quelque chose.

— Qu'est-ce que tu cherches, princesse ? » Sa voix est encore plus rocailleuse que d'ordinaire. Il se rapproche un peu plus de moi, ce que je ne déteste pas.

Je secoue la tête. « Il doit s'agir d'un jeu de lumière. Parfois, tes yeux paraissent verts, alors qu'en fait, ils sont... » Je ne termine pas ma phrase.

Sa bouche n'est qu'à quelques centimètres de la mienne.

« Quoi, princesse ? » Son souffle tombe sur mon visage.

« Brun sombre... » Je déglutis. Nous sommes assez proches pour nous embrasser, et mon corps est sur le point de s'embraser. Je tire sur l'écharpe pour me dégager la gorge. *Seigneur.* Je m'évente tandis que Rafe me dévisage comme si j'avais perdu la tête. La température est glaciale, pourtant j'ai soudain trop chaud dans mon manteau.

« Adèle...

— C'est la pleine lune, ce soir », dis-je, au désespoir. Je me retourne et continue à marcher sur le trottoir. « Enfin, peut-être pas ce soir, mais dans quelques jours. Bientôt.

— Ouais. » Il m'emboîte le pas, l'air amusé, comme s'il savait que je tente de changer de sujet.

Je continue à bafouiller : « Tu savais que le mot *lunatique* est issu du mot *luna*, parce qu'à l'époque, on croyait que la lune causait une folie temporaire ? Ma mémé m'a parlé des nuits de pleine lune à la Nouvelle-Orléans. Les gens se comportent bizarrement... enfin, encore plus que d'habitude.

— Qu'essaies-tu de dire, princesse ? » demande-t-il en fronçant les sourcils.

J'allais lui parler du rapport entre les menstruations

féminines et le cycle lunaire, mais c'est probablement un changement de sujet un peu drastique. « Oh, rien. Je fais la conversation, c'est tout. »

Il se place devant moi, me forçant à m'arrêter.

« Est-ce par rapport à la dernière fois qu'on était ensemble ? demande-t-il en un murmure. Toi, moi, dans ma chambre. Tu vas plaider la folie temporaire ? »

J'imagine que nous allons en parler, finalement. « Non. Je savais ce que je faisais. Et ça m'a plu. » Je retiens ma respiration en attendant sa réponse.

« Moi aussi. »

De la chaleur se déploie dans mon corps. « Mais...

— Ce n'est sans doute pas une bonne idée de continuer, termine-t-il à ma place.

— Non. » Pourquoi suis-je si déçue ? « J'aime mon emploi, et je souhaite le garder. Coucher avec son patron n'est jamais une bonne idée. Mais on peut rester amis, n'est-ce pas ? »

Il a presque l'air peiné. Je déteste le voir souffrir.

« On fait la paix ? » Je lui tends la main.

Il lève le menton, puis referme sa main autour de la mienne. Il se contente de la serrer pendant un instant. J'ai du mal à respirer, mais il la secoue ensuite avec fermeté. « On fait la paix.

— Adèle ! »

Je lâche la main de Rafe et m'écarte de lui.

Sadie et Deke arrivent dans notre direction. Sous son bonnet rouge vif, mon amie a les joues rosies par le froid. Deke marche lentement derrière elle. En un pas, il parcourt la même distance qu'elle en deux pas et demi.

Je rends son salut à Sadie et m'empresse de la rejoindre. Rafe reste à mes côtés, ses doigts effleurant le bas de mon dos. Il me touche à peine, mais je sens son contact dans tout mon corps pendant le reste de la soirée. Sa main dans mon dos, prête à me rattraper si je tombe.

** * **

L'étranger

Il n'avait pas marché parmi les gens du peuple depuis si longtemps. Dans cette nouvelle époque, les hommes et les femmes se fréquentent librement. Les enfants ont le droit de courir, de s'amuser et de rire à gorge déployée.

Sur la place de Taos, il observe. Il vit depuis si longtemps qu'il est très doué pour observer.

Depuis son réveil, tout a changé. Le monde est moderne, nouveau. Mais les humains sont toujours les mêmes. Les manants se rassemblent toujours sur la place. Ils font leurs emplettes, discutent et se saluent. La plus grande différence est que le café ne se déguste plus pendant des heures ; désormais servi dans des gobelets en carton, il peut s'emporter partout.

Il est arrivé sur le haut plateau en suivant Lightfoot. Normalement, il ne s'abaisserait pas à pourchasser une proie personnellement, mais son espèce aime s'amuser, tel un chat avec une souris, avec la nourriture.

Il repère sa proie de l'autre côté de la place. Un homme imposant, Rafe Lightfoot. Si obsédé par le devoir qu'il en devient presque barbant.

Il ne s'agit pas de la distraction la plus intéressante, mais c'est mieux que rien. Il remonte les lunettes sombres qu'il porte pour dissimuler ses yeux et traverse la rue. Inutile d'être si proche de Rafe sans le laisser savoir qu'il est là, sur le territoire du loup. Provoquer l'ennemi est la meilleure partie du jeu.

Puis il sent un parfum diffus. Son pied se fige à mi-pas. Non, ça ne peut... C'est impossible.

Après avoir fouillé les sept continents des années durant, elle est là — juste devant lui. La seule femme au monde pour lui. Sa compagne.

« Adèle ! » l'appelle son amie. L'adorable femme la salue de la main.

Elle s'appelle Adèle. Il ne lui faudrait qu'un instant pour se précipiter, s'en saisir et l'emporter loin d'ici.

Ces frêles humains prendraient la fuite dès qu'ils poseraient les yeux sur son monstre. Les deux loups l'affronteraient, mais ils ne feraient pas le poids contre lui.

Cependant, toute la manœuvre manquerait d'élégance. Il se considère un gentleman. Une compagne doit être courtisée et séduite. À quoi lui servent tous les trésors qu'il a amassés, s'il ne peut s'en servir pour émerveiller sa véritable promise ?

« Adèle », murmure-t-il, goûtant le prénom comme une goutte de miel sur sa langue.

Et elle est... avec Lightfoot. Le loup reste à ses côtés, la touche presque. Il se comporte de manière protectrice à l'égard de l'humaine nommée Adèle. Presque comme si son loup l'avait revendiquée comme compagne.

Tiens, tiens, une énigme.

Son ennemi est tout à coup devenu bien plus intéressant. C'est peut-être ce qui lui a donné envie de pourchasser le loup.

« Que le meilleur gagne », marmonne-t-il avant de sourire. Il rassemblera ses ressources afin de se préparer à séduire sa promise. Elle sera en sécurité avec Lightfoot. Il aura le temps de se préparer à montrer à Adèle son immense fortune et tout ce qu'il peut offrir à une compagne.

Remporter la partie sera facile. Lightfoot ne fait pas le poids.

Adèle viendra à lui. Le choisira.

Sinon, il réduira le monde entier en cendres et les déposera à ses pieds.

Chapitre Huit

R *afe*

Un rôti de porc.

Cette femme me rend fou.

Ce n'est pas nouveau, mais chaque jour où elle vient chez nous sans que j'aie plongé mes crocs dans son épaule pour la revendiquer, je deviens de plus en plus agressif, de plus en plus à cran.

Bien qu'elle ait convenu que nous ne pouvons pas être en couple, je jure qu'elle essaie de me faire perdre la raison. Aujourd'hui, c'est un rôti de porc, ou plutôt un « cochon de lait », comme elle l'a appelé. Encore une pique parce que j'ai insisté pour qu'elle nous serve davantage de viande.

Elle est arrivée en début de matinée pour faire rôtir trois porcs. Toute la propriété sent la viande, une odeur délicieuse qui met l'eau à la bouche et attire des animaux sur notre territoire. J'ai dû gronder sur une meute de coyotes rôdant dans la forêt, et je viens de repérer l'odeur d'un lynx opportuniste.

Je parcours les rochers du regard pour le localiser. Son oreille frémit derrière un affleurement et trahit sa présence.

« Rentre chez toi. On ne partage pas. Avec toi non plus », dis-je en levant la tête vers le faucon qui décrit des cercles dans le ciel.

J'ai passé la journée à patrouiller autour de la propriété. Je ne peux pas laisser Adèle sans protection pendant que des animaux sauvages rôdent autour du chalet. C'est exactement la raison pour laquelle je ne peux pas la revendiquer. Mon besoin de veiller à sa sécurité me fait éprouver une terreur grandissante.

J'ai du mal à imaginer quelque chose qui puisse apaiser cette crainte. En faire ma compagne intensifierait le besoin. La priorité d'un loup alpha est de protéger sa femelle et sa famille.

Merde.

Sans me demander la permission, endossant de façon consciente ou inconsciente le rôle de femelle alpha, Adèle a invité ses amies à manger. Je les ai vues arriver, mais ne suis pas allé les saluer. Dans l'état où je me trouve, je ne me fais pas assez confiance pour être poli.

Mais quand j'entends les notes sensuelles de la voix d'Adèle, ma colère irrationnelle à l'idée qu'elle flirte avec Channing me pousse presque à courir dans la neige pour rentrer. Avant que j'arrive, Channing siffle deux fois. Le son perçant est notre signal de rassemblement pour les situations non urgentes.

Le repas est prêt. Nous sommes en fin d'après-midi, et le soleil vient à peine de se coucher. Dîner tôt ne me dérange pas.

Je ralentis ma course et inspire profondément plusieurs fois. Des civiles seront présentes. Je dois me comporter comme un foutu humain, pas comme un loup sur le point de succomber au mal de lune.

Je m'arrête devant la baie vitrée. J'ai le souffle coupé

quand je vois Adèle tenir salon sous mon toit. Elle porte encore l'une de ces foutues robes — aussi belles qu'inadaptées au climat. Celle-ci est vert émeraude, découpée aux épaules et sur la poitrine pour révéler sa lumineuse peau brune. Sa chevelure lui tombe sur les épaules en une cascade de boucles, retenue par un ruban du même vert pour lui dégager le visage. La couleur fait ressortir les touches vertes dans ses iris noisette.

Lorsque j'entre et prends une assiette pour me servir un peu de viande fumante et de légumes, Adèle m'adresse un sourire satisfait, comme si elle savait à quel point elle me torture. Il me donne envie de la porter jusqu'à ma chambre et de faire de nouveau rougir son cul magnifique.

Et cette pensée me fait bander si fort que je dois me détourner pour replacer mon membre dans mon pantalon.

« Ça sent très bon », dis-je entre mes dents quand je m'approche d'elle, mon assiette pleine.

Elle soupire avec exagération en m'effleurant le torse du bout des doigts. « Tu viens de me faire un compliment ?

— Tes plats sont bons. » J'essaie de ne pas la regarder. Le simple fait de me tenir si près d'elle me fait transpirer. Son parfum s'enroule autour de moi comme une douce et attirante étreinte.

Elle fait la moue, les mains sur les hanches. « Bons, c'est tout ?

— Ils sont délicieux. Ils sont... » Je ne peux détacher les yeux de sa bouche. « ... parfaits. »

Elle perd un peu de sa réserve et se détend. « Alors, ça te plaît ? »

J'ai envie de me donner des coups à l'idée qu'elle ait pu penser que ce n'était pas le cas. Ai-je vraiment été un tel enfoiré ? Je connais déjà la réponse.

Je pose la main sur son avant-bras avec douceur et

baisse la tête. J'ignore quelle confidence je m'apprêtais à lui faire... que ses plats sont aussi attirants et tentants qu'elle ? Que je refuse qu'ils soient délicieux, parce que je redoute que tous mes autres repas soient gâchés pour toujours ? Qu'elle m'a pris au piège avec ses compétences culinaires, et ce dès ma première visite de sa chocolaterie ? Heureusement, l'interruption de Lance m'évite toute confession.

« Un message important de Kylie. Elle te demande de la rappeler tout de suite. »

Le ciel soit loué. Une excuse pour battre en retraite avant que je ne foute en l'air ma mission : éviter Adèle. Je la salue d'un bref signe de tête et emporte mon assiette dans le bureau. Une fois assis, je compose le numéro de Kylie, une féline métamorphe de Tucson qui est aussi probablement la meilleure hackeuse au monde. Nous faisons régulièrement appel à ses services. Son compagnon est un loup, et nous avons une confiance totale en eux.

« Quoi de neuf, Kylie ?

— Je surveille le dark web après la situation avec Charlie et Adèle. Quelque chose a retenu mon attention. »

Une bande d'acier me comprime la poitrine. Le mois dernier, Charlie, la compagne de mon frère, a été enlevée lorsque des trafiquants l'ont prise pour Adèle. L'associé de celle-ci, Bing, s'est attiré des ennuis en vendant de la drogue, et il a fini par se faire assassiner.

D'un ton étranglé, je demande : « De quoi s'agit-il ?

— Le cartel pense qu'Adèle détient toujours le stock de Bing. Sa capture a été ordonnée. »

J'ai une telle montée d'adrénaline que je manque de muter. De la chaleur m'envahit, et ma vue se trouble un instant. Je ne sais pas comment je mets fin à l'appel avec Kylie. Mon besoin de protéger ma compagne me fait sortir du bureau en trombe pour me lancer à sa recherche.

J'aboie à Lance : « J'ai besoin d'un avion pour quitter Taos à 18 h !

— Qui sera à bord ? demande-t-il en sortant son portable.

— Adèle et moi. »

Il se détend, comme s'il s'imaginait que je l'emmène en lune de miel, ce qui me donne envie de l'étrangler. « Le cartel la recherche. »

Il redevient inquiet. Il a déjà collé son portable contre son oreille, sûrement pour appeler Teddy, l'ours métamorphe que nous employons comme pilote.

Adèle est pétrifiée devant la cuisinière, ses yeux verts écarquillés. « Qu'est-ce que tu viens de dire ?

— Ils croient que tu détiens toujours la drogue de Bing. Je t'emmène ailleurs, dis-je en la prenant par le coude. Allez, viens, on s'en va.

— Attends, je ne peux pas...

— Je rangerai, Adèle, lui propose Sadie.

— Ouais, on s'en occupera, renchérit Charlie en frottant son ventre rond. Allez-y. Laisse Rafe gérer la situation. »

Adèle

Laisser Rafe me venir en aide me reste en travers de la gorge. J'imagine que c'est à cause de la même fierté qui m'empêche d'accepter l'aide de mes amies. Je veux être capable de résoudre seule les problèmes.

D'un autre côté, je ne fais certainement pas le poids face à un cartel à mes trousses.

Je prends mon manteau des mains de Rafe et le suis jusqu'à son Humvee. « Où est-ce qu'on va ?

— On quitte le Nouveau-Mexique. » Il m'ouvre la portière passager et me soulève presque pour me faire monter à bord. Mince, il est fort. Genre, terriblement fort. Je ne savais même pas qu'une telle force était possible. « Là où on pourra se faire oublier jusqu'à ce que je m'occupe du cartel. » Il m'attache la ceinture et claque la portière.

Lorsqu'il s'installe derrière le volant, je lui demande : « Comment comptes-tu t'occuper du cartel ? »

Il rencontre mon regard. Une lueur verte scintille dans ses yeux. L'espace d'un instant, il m'évoque un animal féroce, et je me souviens que cet homme tue sans doute des gens dans le cadre de son métier.

Un frisson me remonte le long de la colonne vertébrale. Je n'aimerais vraiment pas me mettre Rafe et son équipe à dos. Mon agacement initial devant son attitude autoritaire disparaît, remplacé par de la gratitude en voyant son empressement à me protéger.

« Merci », dis-je à voix basse en entrelaçant les doigts pour les empêcher de trembler.

Rafe a déjà démarré en trombe, et nous descendons rapidement la montagne. Il tourne la tête vers moi, les sourcils froncés, le regard troublé. « Je ne laisserai rien t'arriver, Adèle », me jure-t-il. Et je le crois.

Pour la première fois depuis une éternité, je prends conscience que je ne suis pas obligée de tout faire toute seule. Je peux laisser d'autres personnes m'aider lorsqu'elles me le proposent. Mais bon, ma vie est actuellement en danger parce que j'ai laissé Bing m'aider à ouvrir Le Chocolatier. Et j'ignore ce que Rafe me réclamera en échange.

Cependant, je n'y crois pas vraiment.

Rafe n'est pas le genre d'homme à demander une quelconque contrepartie. Il n'est pas intéressé. Toutes ses actions sont motivées par son sens de l'honneur et du devoir. Il protégerait n'importe qui dans son cercle proche. J'en suis certaine.

Je lui touche l'avant-bras, qui est crispé comme s'il était aux prises avec le volant. « Je suis contente que tu sois là pour me protéger.

— Toujours », me promet-il, comme s'il s'agissait d'une évidence. Bien que nous ne soyons pas en couple. Bien qu'il ne me connaisse pas depuis si longtemps, et que nous ayons passé la plupart du temps à nous chamailler. Il m'adresse un autre regard flamboyant. « Je ne laisserai personne te faire de mal », dit-il d'un ton intense.

Me rappelant ce qu'il m'a confié la nuit où nous avons couché ensemble, j'éprouve le besoin de lui rappeler : « S'il m'arrivait quelque chose, ce ne serait pas ta faute. »

Mes paroles étaient censées être réconfortantes, mais elles semblent l'enrager de plus belle. Il montre les dents comme s'il était prêt à tuer quiconque s'en prendrait à moi. « Rafe, dis-je en lui caressant le bras. Je ne veux pas que tu te sentes responsable de moi, c'est tout. »

Il inspire brusquement, puis paraît retrouver une certaine tranquillité tandis qu'il expire. « Je dois te protéger. Attends. Laisse-moi finir, dit-il en levant la main pour interrompre ma protestation. Adèle, j'en ai besoin, mais c'est aussi un honneur.

— Waouh. » Je m'éclaircis la gorge. Je ne sais pas ce que j'ai fait pour mériter le respect de Rafe, mais je me sens tout à coup plus en sécurité que je ne l'ai jamais été. J'ai l'impression que l'on n'avait jamais tant pris soin de moi. « Merci. Vraiment. »

Rafe se gare sur le parking du minuscule aéroport de Taos. Il semble reconnaître un petit avion ; il me prend la main et m'entraîne vers l'appareil en se mettant à trottiner.

Je porte des bottes à talons et un soutien-gorge en dentelle à fines bretelles qui me maintient à peine la poitrine. Ce n'est pas l'idéal pour courir. « Attends ! »

Au lieu de ralentir, Rafe pivote, me prend dans ses bras et continue sa course en me portant, comme il l'a fait la nuit où mon fourgon est sorti de la route. Je dois reconnaître qu'être portée est plutôt agréable.

Je peux presque voir Mémé hocher la tête en souriant. Comme si elle était mon ange gardien et avait tout orchestré pour me montrer à quel point je suis bien entourée.

Et que je ne suis pas obligée de tout faire seule, même si c'est la voie qu'elle a choisie.

Une fois que nous avons embarqué dans l'avion, Rafe prend le temps de sangler ma ceinture. Le pilote est un géant au crâne rasé. Il me salue en levant le pouce, un large sourire aux lèvres.

Parce que la réponse vague de Rafe ne m'a pas satisfaite, je redemande : « Où va-t-on ? Je sais que tu as l'habitude que ton équipe te suive aveuglément, mais j'aimerais savoir où tu m'emmènes.

— Nous avons un chalet dans la montagne en Utah. Ils ne devraient pas te trouver là-bas. »

* * *

« Waouh ! Tu es le propriétaire ?

— En quelque sorte. Nous l'avons acheté avec des amis. »

Rafe déverrouille la porte d'entrée de ce qu'il a appelé un « chalet », mais en réalité, c'est aussi grand qu'un hôtel. Les planchers en bois sont polis au point de briller comme du marbre, et le bâtiment s'étend dans toutes les directions. Une cheminée est suspendue au milieu du salon, et une baie vitrée intégrale occupe un pan de mur, comme dans la chambre de Rafe à Taos. Manifestement, il aime faire entrer la nature dans ses lieux de vie.

Sur le tarmac en Utah, un homme qui m'a semblé faire partie de l'armée nous attendait. Il a donné à Rafe les clés d'une Jeep, et nous avons roulé encore une heure dans la montagne pour arriver ici.

« Des amis ? Ils sont là ? Ils habitent ici à plein temps ?

— Non, ils sont installés à Tucson. Il n'y aura que nous. »

Je prends conscience que Rafe doit être multimillionnaire, ce qui est surprenant quand on sait à quel point il travaille dur et paraît sérieux. S'il ne se détend jamais, à quoi bon être propriétaire de cet incroyable chalet ? J'ai même du mal à imaginer qu'il sache prendre du bon temps.

Le chalet est magnifique. Comme à Taos, la décoration et les meubles sont d'excellente qualité sans être tape-à-l'œil. Pas de luxe, mais toutes les commodités.

Rafe soulève une grosse glacière qui peut sans doute rouler et l'emporte dans la cuisine. Lorsque je m'approche de la baie vitrée, je m'aperçois qu'il s'agit d'une porte sans poignée. Il fait nuit, mais la pleine lune éclaire la forêt enneigée. À l'angle du mur, de la vapeur apparaît. Je pousse la porte pour l'entrouvrir, puis sors pour découvrir l'extérieur.

Dans la cuisine, Rafe vide la glacière de provisions que contenait notre véhicule, semble-t-il. « Ne sors pas avec ces bottes ! Il pourrait y avoir du verglas. »

Je lève les yeux au ciel. Sans lui prêter attention, je laisse la porte se fermer derrière moi et étouffer sa voix. Le vent est glacial, mais le paysage est trop beau pour que je m'en soucie. Je trouve la source de la vapeur : un immense jacuzzi creusé sous deux gros rochers pour donner l'impression qu'il s'agit d'une source chaude naturelle. Je le découvre et allume les jets, qui envoient une cascade d'eau chaude sur les rochers.

C'est magnifique. Une véritable invitation.

Je ne sais pas si je souhaite torturer Rafe ou le récompenser lorsque je décide de me déshabiller et d'entrer dans le bain. L'eau chaude est un choc contre ma peau froide, mais la sensation est divine. Je gémis en m'immergeant jusqu'aux épaules. La pointe de mes boucles se mouille.

« Adèle ? » appelle sèchement Rafe dans la nuit froide.

Je soupire. J'aimerais bien qu'il ne soit pas autant à cran, pour une fois. Nous nous trouvons dans une autre région. Loin du cartel. Je ne risque rien. J'aimerais qu'il se relaxe. Découvrir comment il est vraiment. Sous la façade de sergent bourru, comment est sa véritable personnalité ?

« Ici, dis-je à voix basse.

— Qu'est-ce que... » Il apparaît à l'angle et se pétrifie dès qu'il me voit. Son regard glisse sur mes bottes, mon manteau et mes vêtements éparpillés sur la terrasse, puis revient se poser sur moi. Il ramasse mon soutien-gorge et le frotte entre ses doigts comme s'il s'agissait d'une étole de vison. Je regrette soudain de ne pas l'avoir laissé me l'enlever, comme la dernière fois. J'adore voir qu'il apprécie ma lingerie autant que moi.

« C'était trop tentant pour résister. »

Les yeux de Rafe brillent dans l'obscurité. « Je... Tu... », bafouille-t-il d'une voix étranglée.

Je hausse un sourcil sans prendre la peine de dissimuler mon sourire en voyant l'effet que je lui fais. « Qu'est-ce qui ne va pas, Rafe ?

— Tu ne peux pas rester seule ici... *nue.*

— Oh, je pense que ça ira. Tu as dit qu'il n'y a que nous ici, n'est-ce pas ?

— C'est dangereux, lâche-t-il entre ses dents.

— Mais tu es là, non ? »

Il regarde autour de nous, balayant la forêt sombre du regard comme s'il pouvait voir entre les arbres. Je m'en veux un instant de le tourmenter. Je vois bien à quel point il prend ma protection au sérieux. Peut-être qu'en fait, il est troublé parce qu'il s'inquiète pour moi, et non à cause de ma nudité. Maintenant, j'ai besoin d'en avoir le cœur net. Ou j'ai peut-être envie que ma nudité le trouble. Je me redresse un peu pour qu'il puisse voir mes seins. « Tu te sentirais mieux si tu venais dans l'eau avec moi ? »

Aucun doute, je cherche à le séduire... ce que je ne devrais pas faire. Je sais que c'est une mauvaise idée. Mais le besoin d'aider Rafe à se détendre prend le pas sur mon bon sens.

« Non », bredouille-t-il. Pourtant, il s'avance d'un pas décidé. Il s'apprête soit à me rejoindre, soit à me tirer hors de l'eau sans ménagement. Je crois qu'il n'a pas encore choisi.

« Rafe. Viens. » Lorsque je prononce son prénom, il plonge son regard dans le mien.

Ses narines s'évasent tandis qu'il inspire. Puis je sais que j'ai gagné : sans détacher son regard du mien, il se déshabille et entre dans l'eau, le sexe dressé.

Je n'avais encore jamais fait un tel effet à un homme. Savoir que je l'attire à ce point est une sensation puissante. Pas moins puissante que mon attirance pour lui, cependant. Je me lève et viens à sa rencontre au milieu du bassin. Ma bouche se colle contre la sienne au moment où mes seins mouillés glissent sur son torse ferme.

Il gémit contre mes lèvres, comme si chaque fois qu'il

me touchait était une torture. C'est peut-être parce que je suis soudain insatiable. Je lui enlace le cou et me colle contre lui. Son érection m'appuie sur le ventre.

Il émet un son désespéré, puis il glisse la langue entre mes lèvres tandis qu'il me pétrit les fesses sous l'eau.

Mon corps s'éveille partout où il me touche, comme s'il réveillait mes cellules d'un long sommeil. Tout à coup, je ne sais plus pourquoi j'ai tant résisté à mon attirance pour Rafe. Ne pas explorer ces sensations serait de la folie. Je n'imagine pas avoir une alchimie pareille avec une autre personne sur cette planète. Il me plaque contre la paroi en pierre du bassin. « Adèle, j'ai besoin de te faire sortir de l'eau », murmure-t-il entre deux baisers brusques.

Je m'écarte de lui et hausse les sourcils. « Tu crois vraiment que c'est dangereux, ici ?

— *Moi,* je suis dangereux, répond-il en m'attirant de nouveau contre lui. Pour toi. J'ai besoin de trouver une surface plus douce. »

Je ris contre ses lèvres. Il me prend dans ses bras, sort du bassin et me porte à l'intérieur en laissant nos vêtements sur la terrasse.

Il m'emmène dans une chambre. Un lit *king size* trône au milieu de la pièce, et une autre cheminée est suspendue près de la fenêtre, entourée de deux fauteuils confortables. Rafe appuie sur un bouton, et des flammes apparaissent dans la cheminée.

Il m'allonge au milieu du lit, puis commence à descendre le long de mon corps en déposant des baisers sur ma peau. Il commence par la clavicule, descend vers le sternum, puis le ventre, et s'arrête au sommet de mon sexe. « Je n'ai pas de préservatif », avoue-t-il d'une voix rocailleuse.

* * *

Rafe

Revendique-la.

Mon loup n'a qu'un seul désir. C'est la pleine lune, et je suis bien trop à cran pour toucher Adèle, mais je suis incapable d'arrêter.

« Ce n'est pas grave. Je prends la pilule, et je n'ai pas de MST. Avant toi, je n'avais couché avec personne depuis plus d'un an.

— Bonne nouvelle. » Merde, ai-je parlé à voix haute ? Enfin, je suis sincère. À ce stade, ne pas posséder Adèle me tuerait. « Moi non plus. »

Revendique-la.

Je lui lèche le sexe, me refamiliarisant avec ses lèvres douces et le goût puissant de son nectar. Sa peau est encore chaude et mouillée après la baignade, ce qui me rend encore plus déterminé à la revendiquer. Comme si elle était l'un des plats succulents qu'elle prépare, à peine sorti du four.

Je fais tourner ma langue autour de son clitoris jusqu'à ce qu'il soit assez gonflé pour que je puisse le prendre dans ma bouche et le sucer. Elle crie, emplissant la chambre des plus mignons petits bruits.

À chaque battement de cœur, je sens le destin se précipiter pour me rattraper. Me forcer à marquer Adèle.

Mais je n'aurais pas réussi à protéger mes unités et ma meute aussi longtemps sans une tonne de discipline personnelle. Je peux y arriver.

Je peux satisfaire ma femelle sans la revendiquer.

Revendique-la.

Putain, il faut vraiment que mon loup se calme. C'est pour Adèle, pas pour moi. Je ne peux pas la revendiquer. Le besoin que j'éprouve de la protéger l'insupporte déjà alors que nous ne sommes pas ensemble.

C'est pour Adèle, me dis-je en boucle tandis que je m'allonge sur elle et fais glisser mon membre en elle. Lorsque je la pénètre d'un coup de reins, elle se cambre en criant.

Je me force à m'immobiliser. « C'est trop ?

— Non », halète-t-elle. Elle m'agrippe les épaules. Quand elle me griffe, je m'enfonce en elle et tente de me retenir de la limer de toutes mes forces comme si ma vie en dépendait.

C'est peut-être le cas. Je ferme les yeux et m'oblige à remuer lentement, à un rythme régulier.

Je sens toutes mes barrières internes s'effondrer, mais n'y fais pas attention. Je sens la modification de l'essence même de mon être, simplement parce qu'elle se mêle à celle d'Adèle. Elle avance les hanches pour venir à la rencontre de mon bassin en une danse parfaite. Maintenu sur les avant-bras au-dessus de sa tête, je prends soin de garder mes crocs loin de sa douce peau éclairée par la lune. Chacun de ses petits cris me rend un peu plus dingue, pourtant j'arrive à conserver, je ne sais comment, un soupçon de contrôle. Son orgasme approche, j'écoute ses cris devenir de plus en plus aigus. Elle est la beauté et l'extase incarnées. Elle est tout ce qui me manquait. Elle est la vie elle-même.

Elle pousse un cri perçant lorsqu'elle jouit. Elle enroule ses longues jambes autour de ma taille pour me maintenir en elle pendant que je l'emplis de mon essence. Je crois que ce simple fait me retient de plonger les crocs dans sa chair parfaite pour en faire ma compagne. Je la marque de ma semence, ce qui apaise mon loup. Bien que de façon temporaire, j'ai laissé mon odeur sur elle.

Dès que nous avons repris notre souffle, je m'écarte pour me calmer et retrouver mon sang-froid. Dans la salle de bains, les avides yeux verts de mon loup me regardent dans le miroir.

Revendique-la.

Je secoue la tête en regardant mon reflet et respire lentement jusqu'à ce que mes yeux redeviennent bruns. Mais je n'ose toujours pas retourner auprès d'Adèle.

* * *

Adèle

Moi qui ne voulais pas coucher avec mon patron... c'est râpé.

Rafe disparaît tout de suite dans la salle de bains pendant que je me délecte encore de cet incroyable orgasme. Je me sens comblée. La dernière fois n'était pas un coup de chance. Je peux désormais affirmer que mon alchimie avec Rafe est extraordinaire.

Et maintenant que je comprends mieux comment il fonctionne, qu'il est surprotecteur et obsédé par le contrôle parce qu'il a été traumatisé par le meurtre de ses parents, je n'éprouve que de la compassion pour lui. S'il est autoritaire, c'est parce qu'il tente de protéger toutes les personnes autour de lui. Et, bien qu'il m'ait déjà acceptée dans son cercle intime — encore une personne de plus à protéger — j'ai l'impression qu'il redoute de se rapprocher de moi.

Il a trop perdu pour vouloir prendre un risque pareil.

Je me lève et ouvre les tiroirs de l'armoire jusqu'à ce que j'en trouve un rempli de T-shirts blancs proprement pliés et empilés. J'en enfile un avant de partir à la recherche de Rafe.

Je le trouve dans la cuisine, en boxer, deux verres d'eau à la main. Il me tend l'un d'entre eux. Je l'accepte et bois.

« Tu as faim ? demande-t-il d'une voix douce. Tu as mangé avant notre départ ?

— Oui. Et toi ?

— Pas assez. Merde, je regrette de ne pas avoir emporté le festin avec nous, dit-il en décochant un regard sinistre au réfrigérateur.

— Je suis là. » Je hausse les épaules. Je voulais dire par là que je peux cuisiner autre chose, mais le regard de Rafe scintille, et une expression affamée passe sur ses traits, comme s'il était encore loin d'être rassasié de moi.

« J'ai compris la raison de tous nos problèmes.

— Ah oui ? Qu'est-ce que c'est ? demande-t-il, surpris.

— Le décès de tes parents t'a rendu surprotecteur, et à cause du manque de soutien des miens, je n'accepte aucune aide. Entre nous, les conflits sont assurés.

— Tes parents n'ont pas été là pour toi ? demande-t-il en s'approchant pour me toucher la hanche.

— Ce n'est pas exactement ça. Ils m'aiment. Je n'ai manqué de rien en grandissant. Mais ils ne m'ont pas aidée à réaliser mes rêves. Ils voulaient que je devienne médecin, comme eux. À leurs yeux, être autoentrepreneuse, ce n'est pas aussi bien. Ma mémé est la seule qui m'a encouragée. J'ai ouvert Le Chocolatier avec l'héritage qu'elle m'a laissé. Je me suis démenée pour leur prouver qu'ils avaient tort, mais...

— Oh, tu récupéreras ta chocolaterie, affirme-t-il, les sourcils froncés. Cette histoire avec Bing... ce n'était pas ta faute. Tu le sais, n'est-ce pas ?

— Je suis l'idiote qui s'est associée avec un toxicomane.

— Ah. Une raison de plus pour ne pas accepter d'aide maintenant, hein ?

— C'est sans doute vrai », dis-je avec un sourire chagrin. Mais je sens ma poitrine se comprimer lorsque je réfléchis à ce dont j'ai besoin pour réouvrir Le Chocolatier. « Travailler pour toi, ça m'aide déjà. Comme je ne m'étais pas aperçue que Bing ne payait pas le loyer, j'ai des arriérés à rembourser. Le propriétaire ne me laissera pas accès aux locaux tant qu'il n'aura pas été payé intégralement. »

Rafe n'a pas l'air surpris. « Combien lui dois-tu ?

— Dix mille dollars. Donc, en travaillant pour toi pendant un mois, je pourrai économiser la somme. » Je grimace, redoutant qu'il le prenne mal, mais il me regarde presque avec de l'indulgence.

Je me fige. « Attends... Tu savais déjà tout ça ? »

Il penche la tête de côté en m'observant.

« C'est pour ça que tu m'as proposé cette place ? »

Il ne répond pas tout de suite, et je comprends que j'ai raison. Mon amour-propre est blessé, mais il est noyé par la gratitude. J'ignore pourquoi Rafe s'est intéressé à moi, mais je ne peux nier à quel point me sentir protégée est agréable. J'ai l'impression que l'on tient à moi.

D'être aimée.

Rafe appuie son front contre le mien. Ses lèvres sont si proches que j'ai du mal à me concentrer. « Alors... » Sa voix prend une tonalité flatteuse. La main qu'il avait posée sur ma hanche se glisse sous le T-shirt. « Maintenant que tu as identifié nos problèmes, tu me laisseras t'aider ?

— Je suis toujours là, non ?

— Comme si tu avais le choix », dit-il avec un sourire malicieux.

J'essaie de lui repousser le torse, mais il est dur comme la pierre et ne bouge pas.

Il m'emprisonne contre lui en passant un bras dans mon

dos. « Je t'aiderai à réouvrir la chocolaterie. Tu me laisseras faire ? »

Je reste sans voix. Mon premier réflexe est de refuser, mais c'est par simple habitude. Celle de me barricader et de refuser tout ce qui m'est proposé s'il ne s'agit pas d'un échange équitable. Rafe observe ma lutte interne, le regard amusé.

Je finis par répondre : « Peut-être. »

Il aboie un rire, puis effleure ma bouche de la sienne. « Savoir accepter de l'aide n'est pas une faiblesse. C'est une force. Ne sois pas bizarre et accepte. »

J'essaie de nouveau de le repousser en souriant. « C'est moi qui suis bizarre ? Venant du mec qui se bat contre ses subordonnés, torse nu sous la neige pendant le dîner, c'est gonflé.

— Ce n'est pas bizarre », proteste-t-il. Mais sa voix contient un rire, et j'adore voir à quel point ça le rajeunit. « C'est normal pour nous. J'imagine que ça peut te paraître étrange. Je suis désolé si ça t'a mise mal à l'aise. J'ai du mal à rester lucide quand tu es là. »

J'ai envie de le prendre comme un compliment, mais Rafe retrouve son sérieux, comme s'il n'aimait pas avoir cette réaction en ma présence. Enfin, j'imagine que pour un homme qui cherche à tout contrôler, tomber amoureux peut donner l'impression de glisser sur du verglas dans un vieux fourgon équipé de pneus lisses.

Moi aussi, ça me donne un peu cette impression, alors que je ne suis pas autant obsédée par le contrôle. J'entrelace mes doigts aux siens. J'ai envie de lui dire que je commence à tomber amoureuse, mais je sais que ça compliquerait encore plus sa lutte intérieure. Je l'entraîne donc de nouveau vers la chambre, prête à recommencer.

Chapitre Neuf

R*afe*

Je me lève tôt, mute et pars courir. Passer la nuit dans le lit avec Adèle m'a rendu à moitié féroce et m'a quasiment empêché de fermer l'œil. Je l'ai encore fait jouir deux fois avant qu'elle ne s'endorme. Il est possible que la regarder jouir ait été le plus beau moment de ma vie.

Je devrais peut-être la revendiquer. Ma meute a raison. Je ne pourrai pas continuer ainsi bien longtemps... Ça se terminera en désastre. Dans le meilleur des cas, ça me tuera. Dans le pire des cas, je blesserai Adèle ou une autre personne que j'aime.

Oui, je l'aime. Les métamorphes ne réfléchissent pas en ces termes. Pour nous, prendre une compagne est un processus physiologique. Cependant, je commence à comprendre ce que les humains doivent éprouver. Ces sentiments dépassent l'attirance physique. Être en présence de l'autre devient un besoin. Écouter sa voix, apprendre ce qui la rend unique dans toute sa complexité.

Je vais chercher nos vêtements, restés sur la terrasse. La

glace les a collés aux planches. Penser à ce qu'Adèle porte présentement me fait monter un grondement animal dans la gorge. Je rassemble les habits et grogne en découvrant son soutien-gorge et sa culotte. Encore un ensemble sexy, cette fois bleu marine à pois blancs. Je rentre dans le chalet, puis m'habille et place nos vêtements gelés dans le lave-linge. Mon nez me guide ensuite jusqu'à la cuisine, où je trouve Adèle. Encore une fois, elle ne porte que mon T-shirt.

Elle a pris ses aises dans la cuisine et s'y déplace comme si elle était chez elle. Évidemment, je bande ; mais je salive aussi en sentant les odeurs qui s'échappent du four. Une émotion moins physique et plus... exhaustive me lie à Adèle avec des fils invisibles.

« Ça sent très bon. Que prépares-tu ?

— Des saucisses, des champignons et de la *frittata* aux épinards », répond-elle en m'adressant un sourire sexy par-dessus son épaule. Elle me regarde de la tête aux pieds. Je porte un jogging et un T-shirt, mais à la façon dont son expression se réchauffe, ce qu'elle voit lui plaît. À un certain niveau, la compagne humaine d'un métamorphe reconnaît-elle l'odeur de son compagnon ? « Tu as faim ?

— J'ai toujours faim quand tu es là », dis-je d'un ton bourru. Je la prends par la nuque et lui fais lever la tête pour lui donner un baiser brûlant.

Lorsque je m'écarte, elle sourit, puis me mordille le torse à travers le T-shirt. « Ce sera prêt dans cinq minutes.

— Je vais prendre une douche rapide. J'ai mis nos vête-ments à laver. Même si je n'ai pas envie que tu t'habilles plus. »

Si je pouvais figer le temps lorsqu'elle me sourit ainsi, je le ferais. Son sourire m'embrase de l'intérieur comme un incendie et démolit toute résistance sur son passage.

Pourquoi ne l'ai-je pas revendiquée ?

Parce que la perdre me tuerait.

Mais ne pas l'avoir me tue aussi.

Lance me téléphone lorsque je suis sur le point d'entrer dans la douche. J'hésite à répondre, mais je suis l'alpha. Je ne peux pas ignorer les membres de ma meute.

Je gronde dans le combiné : « Qu'est-ce qui se passe ?

— On va neutraliser le cartel.

— Quoi ? Certainement pas. Vous ne faites rien sans moi.

— Pff, on n'a pas besoin de toi. Ce sont des humains. On a découvert où se trouve leur QG. Dans une villa en banlieue de Santa Fe. On se rend sur place avec Channing et Deke. On va s'en occuper. Veille sur ta compagne jusqu'à ce que la menace soit éliminée.

— Négatif. Attendez mes ordres. Je répète... »

Lance raccroche.

Enfoiré.

Je le rappelle, mais ce connard envoie l'appel sur messagerie. Je vais vraiment le tuer pour ne pas avoir respecté la chaîne de commandement. Mais même si j'enrage, j'ai conscience de ce qu'il fait. Ma meute essaie de prendre soin de moi, pour changer. Je ne le supporte pas... pas plus qu'Adèle supporte de me laisser prendre soin d'elle. Chaque fois qu'elle me permet de l'aider, mon loup est apaisé. Pourtant, au même titre que proposer son aide, l'accepter est un cadeau. Ce n'est peut-être pas exactement la même chose pour ma meute, ils ne sont pas mes compagnons de vie, mais je comprends pourquoi ils souhaitent me rendre ce service.

Nous le rendre.

Tout comme je ferais n'importe quoi pour eux.

J'entre sous l'eau, la mâchoire serrée. Je suis sûr qu'ils peuvent se débrouiller. Ils sont entraînés et presque invincibles. Aucun doute, ils savent ce qu'ils font. Pourtant, quelque chose me tracasse. J'ai un mauvais pressentiment.

* * *

L'étranger

Ils ont menacé sa compagne. Ces petits malfaiteurs, enivrés par les substances dont ils font commerce. Dès que l'alerte a été diffusée sur les réseaux du dark web, hantés par ses hackeurs, il a su qu'elle était en danger. Il plisse les yeux. La venue du monstre fait vibrer sa colonne vertébrale.

Personne ne reste vivant après avoir menacé sa compagne.

Ses chasseurs ont localisé le quartier général du cartel après quelques heures, puis il a pris un jour pour déterminer leur trépas. Il dispose d'une armée lui obéissant au doigt et à l'œil, mais pourquoi ces hommes auraient-ils le plaisir de détruire ces damnés ? De raser le camp du cartel ? Ces humains ont menacé sa compagne. Une affaire personnelle nécessite une solution personnelle.

Un monstre est tapi en lui. Le moment est venu de le libérer.

Le vol jusqu'au quartier général du cartel est facile. Il décolle depuis un héliport non loin et, quelques minutes plus tard, il survole leur villa. Le vent lui fouette le visage, parfumé par le bois de tremble et de sapin coupé pour le feu à venir. À son approche, une bourrasque renverse les meubles dans le jardin. Sur le toit, la cheminée en pierre tremble.

Il prend un bref instant pour savourer la destruction

imminente du cartel. Une profonde inspiration, puis... les flammes purificatrices.

C'est l'affaire d'un instant. Il ne brandit pas d'arme ; il est l'arme. Comme lors des conquêtes de jadis, ses cibles découvrent son courroux et son pouvoir exceptionnel une seconde avant de mourir, consumés par le feu.

Après le premier passage, les hurlements des mourants se font entendre. La fumée grise qui s'élève des ruines de la villa de l'ennemi lui évoque de l'encens s'échappant de l'encensoir d'un prêtre.

Au deuxième passage, des bourrasques aplatissent l'herbe du jardin, déracinent des arbres et attisent l'incendie qui se propage rapidement. Il se montre patient, minutieux. Sa flamme taille un chemin à travers la villa et transforme son centre en un brasier. Des flammes bleues réduisent le bois en cendres et fendent la pierre. Transforment le sable en verre. Transforment la villa et les êtres à l'intérieur en charbon et en poussière.

Puis : un silence merveilleux, sacré, seulement troublé par de violentes rafales. À l'épicentre de sa destruction, un trou noirci. Triomphe !

Il a anéanti les ennemis aussi rapidement que l'on éteint une chandelle. Grâce à lui, Adèle n'a plus rien à craindre : il a exterminé la menace. Pas le loup alpha qui s'imagine la protéger. La meute est arrivée après la bataille. Il ne reste plus personne à tuer. Les loups le découvriront bientôt.

Le hurlement des sirènes des véhicules d'urgence humains retentit jusqu'aux nuages. Bientôt, le monde saura ce qui arrive à tous ceux qui osent menacer sa bien-aimée. Quant au loup métamorphe qui a l'audace de penser qu'Adèle est à lui ? Lightfoot saura bientôt la vérité.

Elle est à moi.

Il protégera Adèle. C'est à lui qu'elle appartient, pas au loup. Lightfoot a rempli son rôle : son instinct lui a soufflé de traquer le loup, et il a eu raison. Après des années de recherches, il a enfin trouvé la seule femme au monde pour lui. Il s'est montré patient et a attendu son heure pour en apprendre plus sur elle afin de la séduire convenablement, suivant les rites de son peuple. Mais il n'a désormais plus le temps.

Le cartel éliminé, il ne reste plus qu'un obstacle sur son chemin : la meute de loups. Et ils seront déroutés par cet acte soudain de la part d'un joueur jusqu'alors inaperçu. Pendant qu'ils détaleront sur la terre, telles des fourmis autour d'une fourmilière écrasée, il s'envolera vers l'Utah. Dès le départ de Rafe, il aura le champ libre pour rencontrer Adèle.

La destruction du cartel a servi deux objectifs : éliminer la menace à l'encontre de sa promise et éloigner l'agaçant loup métamorphe qui s'improvise garde du corps. Une pierre : deux coups satisfaisants. C'est ainsi qu'il aime jouer.

Le goût de fumée s'attarde dans sa bouche pendant qu'il prend la direction de la dernière portion de son vol.

Le moment est venu de faire la connaissance de sa compagne et de la revendiquer.

* * *

Adèle

Après un petit-déjeuner et un autre orgasme époustouflant entre les bras de Rafe, son portable sonne sur la table de chevet. Il se précipite pour répondre, l'air inquiet.

« Enfoiré. Raccroche-moi encore au nez et... *pardon ?* »
Il se lève du lit d'un bond. J'entends le ton brusque de la personne en ligne — Lance, il me semble.

« Qui les a tués ? Quoi ? Je ne t'entends... merde ! » Il me tourne le dos, penché sur son portable. « Lance ? Ça coupe. Qu'est-ce que tu dis ? » Il pousse un autre juron et regarde l'écran du téléphone. J'entends une sonnerie sur haut-parleur, puis une messagerie. « *Merde, merde, merde !* »

« Que se passe-t-il ?

— Je dois y aller. » Lorsqu'il se retourne, ses yeux brillent de façon étrange. Il sort un jean d'un tiroir et s'habille.

« Quoi ? D'accord, mais qu'est-ce qui se passe ?

— C'est le cartel. Lance et les autres l'ont localisé. Ils avaient prévu de le neutraliser ce matin, en désobéissant à mes ordres directs. » Il se frotte le menton en se retournant pour sortir un T-shirt de la commode. « La communication a été coupée. Il m'a dit que les membres du cartel sont morts et que je devais venir tout de suite. Il a crié quelque chose. Ça avait l'air urgent, mais je n'arrivais pas à le comprendre. »

Je me lève à mon tour. « D'accord. Je peux être prête dans deux minutes.

— Oh, non. Tu n'iras nulle part. C'est dangereux. » Rafe s'arrête et me pointe du doigt. Un avertissement brille dans son regard.

Je suis sûre qu'il a raison, mais son ton me hérisse. « Alors, quoi ? Je suis censée t'attendre ici pendant que tu...

— C'est exactement ce que tu vas faire. M'attendre. Tu ne risques rien ici. Personne ne connaît cet endroit. Je ne peux pas me soucier de toi et de ma meu... de mon équipe en même temps. Compris ? »

J'ai vraiment envie de lui arracher la tête.

Ses manières autoritaires commencent à me courir sur le système.

Mais l'inquiétude le rend fou. Des rides soucieuses

encadrent sa bouche, et les muscles de son cou et de son dos sont bandés pendant qu'il enfile le T-shirt. Ses yeux ont un reflet vert. « C'était une erreur, marmonne-t-il. Je ne peux me permettre aucune distraction. »

Eh bien, pardon. Je n'avais pas conscience d'en être une. Je croise les bras. Si je me tiens assez fort, j'empêcherai peut-être mon cœur brisé de tomber en morceaux.

Il finit de s'habiller et s'approche. Son ombre tombe sur moi. J'ai tellement envie de le serrer dans mes bras qu'ils frissonnent. « Je reviendrai aussi vite que possible. Je t'appellerai dès que j'en sais plus. Garde toutes les portes verrouillées. Ne sors pas du chalet... même pas pour te baigner. »

Je le foudroie du regard.

Il pince les lèvres. « Promets-le-moi.

— Très bien.

— Merci. » Le soulagement est si évident dans sa voix que je regrette moins d'avoir cédé alors qu'il se comporte comme un abruti. Il m'embrasse sans douceur, puis tourne les talons et sort du chalet.

* * *

Rafe

Teddy vient me chercher à l'aéroport de Santa Fe, et nous nous rendons à la dernière adresse où les portables des membres de ma meute ont été localisés. Je n'ai toujours pas réussi à les joindre. Teddy prend le volant pendant que je continue de les appeler. Je serre la poignée au-dessus de la portière si fort que j'y laisse la marque de ma paume. Merde.

Lance m'a crié que le cartel a été sauvagement assassiné, puis j'ai entendu : « Oh, putain de merde, tu ne vas pas le croire. » C'est tout ce que j'ai réussi à comprendre, à part : « Rafe... viens. » Le fait qu'il ne m'ait toujours pas rappelé me terrifie.

« Comment ça va, mon pote ? » me demande Teddy en me jetant un coup d'œil. La mâchoire crispée, je consulte une fois de plus ma messagerie. Aucun nouveau message.

J'entends un craquement, et la poignée me reste en morceaux dans la main. Je baisse la vitre pour les jeter.

S'il arrive quelque chose à Lance, je ne me le pardonnerai jamais. Adèle est une foutue distraction. J'ai tout oublié pendant que j'étais avec elle. Et cette fois, ma meute en a peut-être payé le prix. C'est ma punition pour avoir cru que je pouvais avoir une compagne. Je ne peux pas avoir de compagne.

Jamais.

« On y est presque », marmonne Teddy. Soudain, une tonne de notifications se mettent à faire sonner mon portable. J'ai une dizaine de textos de Lance, mais je n'ai pas le temps de les lire ; Teddy marmonne un juron et me dit de regarder. Devant nous, deux camions de sapeurs-pompiers et plusieurs véhicules militaires forment une barricade. Leurs gyrophares éclairent les débris de ce qui était la villa du cartel.

On dirait qu'une bombe a explosé. Non, pas une bombe, plutôt une sorte d'incendie. Une odeur de fumée flotte dans l'air. Le milieu du bâtiment a disparu. Un trou noirci se trouve là où se tenait la villa. Des marques brûlées tachent les murs extérieurs à moitié en ruines. Tout est calciné, mais en une trajectoire étrange.

Le colonel Johnson se tient sur la pelouse, les pieds

écartés, les mains sur les hanches. Lance et les autres l'entourent.

Le ciel soit loué.

Ma peur se mue en fureur à mesure que je m'approche.

« Qu'est-ce que tu fais là ? demande Lance, comme s'il ne m'avait pas appelé en hurlant deux heures plus tôt. Je t'ai dit de ne pas venir. De ne pas venir ! Merde, qu'est-ce que tu fous ici ? Où est Adèle ? »

Je bafouille et suis sur le point de l'engueuler, mais le colonel Johnson me donne un dossier. « C'était Gabriel Dieter. Regarde ce qu'il t'a laissé. »

Je jette un coup d'œil surpris à Lance, qui désigne le dossier de la tête. Je l'ouvre. À l'intérieur, je trouve un rapport complet sur notre famille. Sur Lance et moi, en particulier. Notre âge, nos ancêtres, des notes scolaires. Les adresses où nous avons vécu. Où nos parents ont été assassinés.

Ma main tremble pendant que je tourne les pages. « Qu-qu'est-ce que c'est ?

— On dirait que c'est en lien avec la mort de vos parents, répond le colonel en rencontrant mon regard. Ils kidnappaient de jeunes métamorphes.

— Qui ? » Je vais les tuer. Jusqu'au dernier. Même si c'est la dernière chose que je fais, je me vengerai.

« Ce n'est pas précisé.

— Vous pensez que Dieter l'a laissé ici ? » Je retourne le dossier et découvre un message... par le ciel, on dirait qu'il a été rédigé avec une vieille plume et de l'encre. En une belle calligraphie, il est inscrit :

Alpha Rafe,
   Tu veux te venger ? Rends-moi ma compagne.

G. D.

* * *

Adèle

Je ne suis pas en colère, me dis-je en faisant les cent pas dans le chalet. *Ce n'est pas grave.*

Je n'en veux pas à Rafe d'être rentré en urgence pour accomplir cette mission et aider son frère. Et je n'ai aucune raison d'être inquiète. Son métier est dangereux, mais il sait se débrouiller. Il aime l'adrénaline. Je ne cesse de l'imaginer en mission, aussi calme et maître de lui que dans sa vie de tous les jours. Donnant des ordres comme il commande un hamburger.

Bien sûr, dans mes rêveries, il ne porte qu'un treillis militaire et des bottes. Il a parfois une ceinture à munitions en travers du torse, à la Rambo, mais en général, il est torse nu, ses incroyables abdos et pectoraux bandés et mouillés de sueur. Ses muscles rendus parfaits par des prouesses dignes de *Mission impossible* accomplies par nécessité, et non par vanité à la salle de sport.

Mon bas-ventre est ravi lorsque je me repasse cette image en boucle. Elle suffit presque à m'empêcher de préparer trois sortes de biscuits de Noël pour évacuer le stress.

Presque.

Non, je ne lui en veux pas d'être parti en mission. Je ne lui en veux même pas pour ce qu'il a dit sur le moment. *Je ne peux me permettre aucune distraction.* Ce n'est pas très sympa à entendre, mais je comprends. Pendant une mission, s'inquiéter pour moi serait une distraction.

Ce qui me dérange, c'est qu'il me traite comme une distraction depuis le début. Je peux supporter son caractère autoritaire et nos constantes disputes, mais sa façon de souffler le chaud et le froid m'ébranle profondément. Il m'attire à lui, seulement pour me repousser. Il ne veut pas vraiment de moi dans sa vie.

Nous sommes comme des aimants, un instant attirés l'un vers l'autre, et nous repoussant le suivant.

Après avoir mangé l'équivalent de mon poids en pâte sablée crue, je me retrouve au rez-de-chaussée à force de tourner en rond dans le chalet. Je passe devant la salle de sport, la pièce avec les fauteuils de massage et un mur en sel de l'Himalaya, le dortoir contenant huit lits superposés et la piste de bowling. Ce chalet est démesurément luxueux. Il serait amusant d'y être bloquée par la neige tout l'hiver... si Rafe était là. La version détendue et communicative de Rafe. Je sais qu'elle existe, je l'ai aperçue par moments. Rafe sait être intense, mais pas stressé. Dominant, mais pas étouffant.

Nous étions tellement en phase un peu plus tôt que son absence est douloureuse.

En soupirant, je traverse le vestiaire pour sortir sur le patio. Je sais que Rafe m'a demandé de rester à l'intérieur, mais je suis trop agitée pour rester enfermée, et il cherche beaucoup trop à me contrôler. Le monde est si beau, recouvert de neige. Si les membres du cartel venaient ici, n'auraient-ils pas plus de chances de me trouver dans le chalet que dans les bois ?

Comme par magie, les carreaux en grès de la terrasse ne sont pas enneigés. Ils doivent être chauffés. *La classe.* Un sentier s'enfonce même dans la forêt. Bien que je porte mes bottes à talons si peu pratiques, j'ai envie de me promener un peu. Les mains enfoncées dans les poches de mon manteau, j'avance sur le chemin.

La forêt enneigée est magnifique, aussi immaculée et féerique que le paysage d'une boule à neige. Je suis le sentier à travers les arbres sans croiser personne, en soufflant de la buée dans l'air glacé.

Le chemin se divise. Je m'engage à gauche et suis des traces de ski. Celles laissées par mes bottes m'aideront à retrouver ma route au retour. Rafe m'a dit que les copropriétaires du chalet l'ont choisi pour sa proximité avec les pistes de ski. Apparemment, ils peuvent rejoindre une remontée mécanique non loin.

Après quelques minutes de marche, j'entends le ronronnement du télésiège et je vois les pistes descendre sur le côté. Waouh, la propriété est vraiment très bien située.

Un chalet chaleureux se trouve devant la remontée mécanique. Bâti en séquoia et avec des rangées de fenêtres dans un style japonais, il m'évoque un salon de thé. De nombreuses traces de ski s'arrêtent devant l'escalier à l'entrée.

Il m'attire tant que je ne résiste pas à y entrer. Je pousse la porte et découvre un feu nourri dans une cheminée entourée de fauteuils confortables. L'intérieur de l'établissement est encore plus charmant que l'extérieur, et il fait bon dans la pièce. Mon visage se décongèle et mes épaules se détendent peu à peu.

Tout est prêt pour servir le thé. Sur une desserte, je vois des présentoirs à étages garnis de biscuits. Une théière en cuivre à la forme étonnante est posée au centre de la table. Un samovar, utilisé notamment en Russie et en Turquie. La théière est chaude, comme si elle attendait qu'un invité vienne prendre place. Je me penche pour regarder l'astucieux système et hume la boisson épicée.

Qui a réchauffé cette théière ? Il n'y a personne. Ni employés ni clients, seulement des traces de ski et de quelques bottes autour de l'escalier.

Boire un thé ici serait merveilleux. Il fait si bon dans la petite salle propre et joliment décorée. Je vois des flocons tomber par les fenêtres. Je reste un moment immobile pour m'imprégner de l'ambiance.

« Oh, bonjour, murmure poliment quelqu'un. Vous êtes aussi là pour le thé ? »

Je me retourne en sursautant et découvre un homme de grande taille vêtu d'un manteau sombre à quelques pas de la porte. Il porte d'épaisses lunettes de soleil qui me rappellent celles de Stevie Wonder. Il est peut-être malvoyant.

« Hum. » Je baisse les yeux vers la table. Elle est dressée pour prendre le thé. Bien sûr, c'est pour ça que le samovar est chaud et que les présentoirs débordent de biscuits. « Non, ce n'est pas pour moi... » Je ne termine pas ma phrase. Il retire ses lunettes, révélant des yeux sombres et des cils épais.

Je reste bouche bée. La beauté de cet homme est stupéfiante. Il a les pommettes bien dessinées et un nez aquilin. Il ne porte pas de bonnet, et une fine couche de neige fait briller sa chevelure noire. Il n'est toujours pas entré dans le salon de thé. Il n'a gravi que la moitié des marches, ce qui met nos têtes à la même hauteur.

« Je, euh, je... » Mes joues chauffent. Il doit s'agir d'une location privée, ce qui signifie que je n'ai pas le droit d'être ici. « Je voulais simplement voir le salon de thé. Il semblait faire si chaud à l'intérieur.

— Oui, il fait très froid aujourd'hui. Il neige en ce moment. » Il s'exprime avec un léger accent, mais je ne parviens pas à déterminer son origine. « Vous avez skié ? »

demande-t-il en souriant. Ses canines sont légèrement poin-tues, mais son sourire est charmant.

« Non. En fait, je loge dans une maison non loin.

— Ah, dans ce cas, nous sommes voisins ! Pardonnez-moi, je suis nouveau dans la région. Je n'ai pas rencontré grand monde.

— Je ne reste ici que temporairement. Dans un chalet qui appartient à des amis de... mon ami. » J'imagine que Rafe peut toujours être considéré comme mon ami, lorsqu'il ne se comporte pas comme un connard.

L'homme désigne une direction générale au-delà des arbres. « J'habite par là-bas. Mais, comme vous, j'adore ce salon de thé. Dès que je l'ai vu, j'ai eu envie d'y entrer et de m'y installer.

— Oui, je vous comprends. J'ai ressenti la même chose. » Je devrais sans doute partir et le laisser tranquille, mais avant que je puisse ajouter quoi que ce soit, il montre la table de la tête.

« Le samovar vous plaît ? C'est le mien.

— Vraiment ? Il est magnifique.

— Et le thé est prêt. Le chef Giampi est très fier de ses créations. » Il entre dans la pièce et desserre lentement son écharpe crème. Il dégage une odeur délicieuse, une espèce d'eau de Cologne hors de prix. Même si je préfère la beauté sauvage, l'odeur boisée et le début de barbe de Rafe, je peux encore reconnaître un bel homme lorsque j'en croise un. « Je vous en prie, vous devez rester prendre le thé. » Une autorité inflexible résonne dans sa voix, la même qu'il arrive à Rafe d'avoir. À la différence qu'il n'aboie pas comme Rafe... le timbre de sa voix est suave.

C'est bizarre.

« Oh, non, je ne voudrais pas m'imposer. » Malgré ma protestation, mon corps obéit déjà et s'approche de la table.

« Au contraire. Je vous en prie. Le chef en a préparé beaucoup trop pour une seule personne, comme le lui a appris sa *nonna*. » Il pose sa grande main sur son torse et s'incline légèrement. « Je vous en prie, madame. Vous me feriez un grand honneur.

— Très bien. » Mon cœur bat un peu plus vite. Je me sens légèrement étourdie. Cet homme a quelque chose de magnétique. De puissant. Sans comprendre pourquoi, j'ai envie de chanter ses louanges à mes amies. Sadie et Charlie sont en couple et heureuses, mais Tabitha est célibataire, et cet homme est séduisant. Je la verrais bien avec quelqu'un comme lui. Quelqu'un qui sort de l'ordinaire, comme elle.

« Je vous en prie », répète-t-il en montrant une chaise. Je m'en approche sans réfléchir. « Excellent. » Il se place derrière moi pour me tirer la chaise. En un clin d'œil, il a servi le thé et lève sa tasse en un toast. « Aux relations de voisinage. Mademoiselle...

— Fabre. Adèle Fabre. Je vous en prie, appelez-moi Adèle. On peut se tutoyer.

— Adèle. » Sa voix est chaude et riche. Il me prend la main et se penche comme si nous étions dans un vieux film. Mais au lieu de me baiser la main, il inspire profondément. Lorsqu'il lève la tête, une petite ride s'est creusée entre ses sourcils, mais il dit tranquillement : « Enchanté. Gabriel Dieter. »

* * *

Rafe

J'ai bondi de l'hélicoptère dès que Teddy a atterri. Je suis maintenant dans la Jeep et je fonce sur une route qui monte et descend. Je prends chaque virage sur les chapeaux de roues.

Je n'arrive pas à joindre Adèle. Elle est sortie du chalet. Elle m'a désobéi.

Et au fond, mon loup pense que c'est ma faute. Je ne sais pas à quel jeu joue Dieter, mais l'instinct de mon loup me dit de retrouver Adèle au plus vite.

Je n'aurais jamais dû m'en aller.

J'essaie de l'appeler sur son portable et sur la ligne du chalet. Je m'engage dans le virage suivant en tenant le volant d'une seule main. Rien.

Merde !

Mon portable vibre. Je réponds. C'est Lance — qui reste en contact avec moi depuis que j'ai lu le message et quitté la scène de destruction au pas de course.

« Tu as réussi à la joindre ?

— Pas encore.

— J'ai contacté Kylie. Le chalet est truffé de caméras. Elle les avait désactivées pour vous laisser de l'intimité, mais je viens de les consulter. Personne à l'intérieur. »

Merde !

« Le message... nous sommes presque sûrs qu'il vient de Gabriel Dieter. Putain, qu'est-ce qu'il raconte ? C'est un métamorphe ? Il a une compagne ? se demande Lance à voix haute.

— Ce serait logique, dis-je en prenant un autre virage en serrant les dents, comme si ça allait m'aider à ne pas sortir de la route. Il savait que les balles d'argent me blesseraient. Je ne sais pas comment, mais il a des infos sur notre espèce.

— Mais je ne capte pas pourquoi il croit qu'Adèle est sa compagne. Je croyais que c'était la tienne... » Je déteste l'entendre hésiter.

« C'est la mienne », dis-je si fort que l'habitacle vibre. À cet instant, mes yeux ont dû devenir vert vif.

Une pause. « Tu l'as revendiquée ?

— Non. »

Merde.

Je ne peux pas avoir de compagne.

Mon loup hurle tandis que je crispe les doigts autour du volant. Je dois reprendre le contrôle. Le volant est renforcé, mais j'en ai déjà détruit.

« Appelle-nous si tu as besoin de quoi que ce soit. À plus. »

Je jette le téléphone sur le siège passager et me concentre sur la route. Si je pensais que ça m'aiderait à rejoindre Adèle plus vite, je m'enfoncerais dans la forêt enneigée.

Je lui ai dit de ne pas sortir du chalet, putain. Mais c'est ma faute parce que je l'ai laissée. *Plus jamais.*

Je dois protéger Adèle.

J'arrive, Adèle.

* * *

Adèle

Le vent hivernal s'est levé. Il soulève une couche de neige sur les congères. La température baisse, mais il fait chaud dans le salon de thé. Je me tourne vers mon hôte, M. Dieter... ou Gabriel, comme il m'a dit de l'appeler. « Alors, tu habites près d'ici ?

— J'ai un chalet, oui. Une récente acquisition. Tout le monde m'a dit que je devais posséder un chalet à Park City, alors... » Il fait un geste de la main, comme pour dire :

« alors, j'ai acheté un luxueux chalet. Pas de quoi en faire un plat. »

Ce qui signifie qu'en plus d'être aussi séduisant qu'un mannequin, Gabriel est riche. Je range cette information dans un coin de ma tête pour la répéter à mes amies. Tabitha a un a priori sur les hommes riches, sans doute parce que sa mère essaie régulièrement de lui présenter des avocats ou des boursicoteurs véreux. Mais ce mec est vraiment charmant.

Il a retiré ses gants et son manteau, mais remet ses lunettes sombres. « Pardon, dit-il en les replaçant sur son nez. Mes yeux... la lumière.

— Bien sûr. » Pas étonnant que ses lunettes soient si épaisses. Il a besoin de les porter.

« Park City est censée être une ville très jolie, dis-je.

— Tu n'as pas vu le centre de la ville ?

— Non, je suis assignée à résidence, dis-je avant d'ajouter : Je plaisante. » *Presque.*

Il penche la tête, mais ne paraît pas inquiet. « Rester à la maison peut être très agréable, dit-il d'un ton léger. Ça dépend de la maison.

— Oh, le chalet est super, et très grand, aucun doute. » Gigantesque, même. « Il est par là, dis-je en secouant la main derrière moi. Le chalet moderne, avec une tour. » Et une piste de bowling, bon Dieu. Mais ce n'est peut-être pas si rare, par ici. Tous les chalets possèdent peut-être leur piste de bowling privée.

Après une tasse de thé fumant, je suis moi aussi assez réchauffée pour me séparer de quelques couches de vêtements. J'enlève mon manteau, mais garde l'écharpe offerte par Tabitha. Je la desserre et la drape autour de mes épaules, à la façon dont Mémé portait toujours les siennes.

« Cette écharpe est sublime, dit Gabriel en rapprochant

le plateau de biscuits de moi. Tu permets que je l'examine ? »

Je fronce les sourcils, surprise. L'examiner ? Bon, ce mec est un peu bizarre. Mais je ne vois pas le mal. J'ôte l'écharpe et la lui tends. Il la porte à son nez et inspire. « Quelle délicieuse odeur. Quel dommage qu'il ne s'agisse pas de la tienne. »

Ce mec est un peu étrange, c'est certain.

« Oh, tu sens une odeur ? Il doit s'agir du parfum de mon amie Tabitha. Elle me l'a offerte.

— Tabitha, murmure-t-il. Un très beau prénom. »

Il est temps pour moi de lui poser des questions sans trop de subtilité. « Le nom Dieter est allemand, c'est bien ça ?

— Et Fabre est français. Même si l'on ne peut jamais dire si quelqu'un est vraiment français ou allemand seulement avec son nom de famille. J'ai eu l'occasion de découvrir que l'Amérique est peuplée de toutes sortes de nationalités. Je suis récemment arrivé dans le pays, comme tu t'en doutes sûrement. Mon accent me trahit.

— Non, non. Ton anglais est excellent. »

Gabriel s'adosse au fauteuil et lève sa tasse en me regardant. « Je viens de plusieurs endroits. J'ai vécu une longue existence variée. En ce moment, mon endroit préféré se trouve en *Italia. Lario.* Ou le lac de Côme. Est-ce que tu connais ?

— Le lac de Côme. Oui.

— Y es-tu déjà allée ? demande-t-il joyeusement.

— Hum, non. » Je mords dans un biscuit pour gagner du temps et me souvenir de ce que je sais à propos du lac de Côme. Une partie des scènes du dernier *James Bond* n'ont-elles pas été tournées dans une villa là-bas ? « J'ai entendu dire que c'est très beau.

« — Oh, oui. Tu dois absolument visiter cette région.

— En fait, je crois que mon amie Tabitha y est déjà allée.

— Vraiment ? » demande-t-il en se penchant vers moi. Puis il porte de nouveau l'écharpe à son nez. « Ce ne serait pas étonnant.

— Pourquoi dis-tu ça ?

— Oh, non, pour rien. » Il remonte ses lunettes.

Je sursaute en discernant une silhouette sombre entre les arbres. Gabriel tourne brusquement la tête.

Un homme vêtu de noir s'approche du salon de thé et s'arrête devant les marches. Il n'a pas l'air d'un employé d'hôtel ; la veste et le pantalon ressemblent à un uniforme militaire. Il hoche la tête. « Monsieur.

— Ah, excuse-moi, me dit Dieter en se levant avant de s'incliner. Je dois m'entretenir avec mon employé. Rien d'important.

— Bien sûr. »

Gabriel remet son manteau et sort pour parler à l'homme. Je fais de mon mieux pour ne pas écouter leur conversation, mais je ne peux m'empêcher d'entendre le ton rapide et autoritaire de Gabriel. Il s'exprime dans une autre langue, mais on ne dirait pas de l'allemand. Peut-être un dialecte ? Ce n'est pas non plus de l'italien.

Je mange encore deux bouchées de biscuit, puis émiette le reste dans mon assiette. Gabriel met fin à la conversation, ou plutôt au monologue, par ce qui ressemble à une succession d'ordres sévères.

À son retour, je lui souris tandis qu'il s'incline de nouveau. « Pardon pour cette interruption.

— Ce n'est rien. Je ferais sans doute mieux de rentrer. »

Il vient me rejoindre et tire ma chaise. Il tient même mon manteau afin que je puisse l'enfiler facilement.

« Je vais te raccompagner. » Il prend ses gants et vient se placer à côté de moi. « On y va ? »

Je n'ai aucune raison de refuser. Je descends les marches, et il m'emboîte le pas.

Lorsque nous atteignons l'embranchement sur le sentier, je ralentis. « C'est là que je me suis égarée. Je pensais trouver le téléski.

— Il est par là », me dit-il en m'indiquant une direction. Nous continuons à marcher en suivant les empreintes de mes pas.

Je prends soudain conscience de quelque chose. « Le salon de thé... Il fait partie de la station de ski ? » C'est ce que je croyais.

« Pas exactement, répond-il en me montrant un arbre marqué d'une petite étiquette rose que je n'avais pas remarquée. C'est la limite de ma propriété.

— Tout ça t'appartient ? » Une autre information que je ne manquerai pas de donner à Tabitha. Une fois revenue de ma surprise, j'ajoute : « C'est magnifique.

— Merci, c'est gentil. Tu résides également dans un chalet magnifique, n'est-ce pas ?

— Oh, oui. Il est là-bas, dis-je en montrant la tour qui apparaît entre les sapins.

— Ah, oui. Le chalet du groupe King. Bien sûr. Il me semble qu'on l'appelle *Le repos du loup*.

— *Le repos du loup*. C'est joli. Je suis venue y passer quelques jours avec mon... ami... pendant leur absence. » Sans savoir pourquoi, je rougis.

« Une escapade à deux. C'est très romantique, tu ne trouves pas ? La neige... »

Gabriel ne me regarde pas, mais j'ai l'impression que quelque chose ne va pas. Je n'ai pas peur, mais mes bras se couvrent de chair de poule.

Je m'éclaircis la gorge. « Tu n'as pas besoin de me ramener jusqu'à la porte. Je sais comment rentrer à partir d'ici.

— Tu es sûre ? J'aimerais beaucoup rencontrer ton ami. Le loup du *Repos du loup*.

— Euh... » J'ignore quand Rafe sera de retour. Et... vient-il de qualifier Rafe de loup ?

« Continuons », ordonne-t-il. Je commence à le devancer sur le sentier. Son autorité est aussi puissante que celle de Rafe.

Suis-je irrésistiblement attirée par les hommes dominants, mais séduisants ? Ils ont de la chance d'être si agréables à regarder. Sinon, je les enverrais paître.

Ce qui me ramène à mon problème d'origine : Rafe. Je presse le pas, pressée de le retrouver même si je ne sais pas encore ce que je compte faire.

« Adèle ! » J'entends quelqu'un rugir mon prénom. Rafe s'approche sur le sentier en courant. Il ne porte pas de manteau, et son regard est paniqué.

« Ah, oui. Voilà le loup », murmure Dieter.

* * *

Rafe

« Adèle ? » Ma voix résonne contre le plafond voûté du chalet. Il n'y a personne.

Elle n'est pas dans la cuisine et n'y est pas entrée depuis un certain temps. Je ne sens sa présence nulle part.

Je traverse le chalet au pas de course, laissant les portes entrouvertes, avec des griffures sur le bois. M'en veut-elle d'être parti ? Je me rachèterai. Au lit. Ou dans le bassin chauffé...

Dehors, les pierres de la terrasse ne sont pas couvertes de neige. Au-delà, je découvre les traces de ses bottes sur le sentier. Bien que je ne porte pas de manteau, je m'enfonce dans la forêt.

Une odeur puissante flotte dans l'air. Elle est lourde et épicée, avec des touches fumées, presque comme de l'encens. La dernière fois que je l'ai sentie, je me trouvais dans la villa de Gabriel Dieter au bord du lac de Côme. Ce qui signifie que...

Cet enfoiré est là. Adèle est en danger.

Je cours sur le sentier et vois Adèle et Dieter. « Adèle ! »

Elle n'a pas l'air blessée, heureusement. Mon cri la fait sursauter. Dieter est juste là. Il lui prend le bras et lui murmure quelque chose à l'oreille, ce qui enrage mon loup. « Éloigne-toi de lui ! » Ma voix est rauque. Je suis sur le point de muter.

Je dois me contrôler. Adèle ne peut pas savoir ce que je suis. Dès que je l'aurai éloignée de Dieter, je devrai prendre complètement mes distances avec elle. Je ne supporte pas qu'elle coure un danger par ma faute. Ça me tuerait.

Elle s'écarte de lui, et il la lâche. « Rafe. Je te présente un voisin, monsieur Dieter.

— Je t'en prie, appelle-moi Gabriel. Monsieur Lightfoot et moi nous sommes déjà rencontrés. » Dieter me sourit, la bouche tordue en un pli cruel. Son anglais est parfait, mais il a un accent légèrement plus prononcé que lorsqu'il se trouvait au lac de Côme.

Je pile net devant eux et tends le bras vers Adèle. J'ai désespérément envie de la serrer contre moi, de la mettre à l'abri.

« Ah oui ? » Adèle fronce les sourcils lorsque je la tire par le bras pour l'éloigner de Dieter.

Je m'interpose entre eux. Mon grand corps lui cache Adèle. « Barre-toi d'ici, Dieter. »

Derrière moi, elle pousse un petit cri. Je n'en ai rien à foutre. Si Dieter me cherche, il me trouvera. Ici et maintenant.

À ma grande surprise, il rejette la tête en arrière et éclate de rire.

Putain, qu'est-ce qu'il fout ?

« Qu'est-ce qu'il y a de drôle ?

— C'est ce que je soupçonnais, répond-il.

— Va te faire foutre. Tire-toi.

— Oh, je m'en vais. » Il lève ses mains gantées en un geste pacifique, mais je ne lui fais pas confiance. « Je renonce à revendiquer Adèle. Elle n'est pas ma compagne.

— Bien sûr qu'elle n'est pas ta compagne, putain ! Je ne sais pas à quel jeu tu joues...

— Comment ça, me revendiquer ? répète-t-elle. Qu'est-ce qui se passe, bon sang ?

— Elle ne sait même pas ce que tu es, c'est bien ça ? » demande Dieter en la montrant du doigt. Je me crispe et gronde, puis me déplace pour protéger Adèle d'un coup éventuel.

Dieter conserve son calme. « Pourquoi ne l'as-tu pas revendiquée ? » demande-t-il, la tête penchée. Il porte des lunettes noires, et les verres m'empêchent de discerner ses yeux.

Ma gorge se noue. Mon loup est si proche de la surface que je ne parviens à parler qu'avec difficulté. « Elle est humaine.

— De quoi parle-t-il ? » veut savoir Adèle.

Je dois l'emmener loin d'ici. « On rentre au chalet, dis-je en commençant à la pousser sur le sentier. On doit partir.

— Non, restez. » Dieter nous a donné un ordre alpha, et je dois lutter contre mon corps, qui veut instinctivement lui obéir. Putain, mais à qui ai-je affaire ? À *quoi* ? « Je trouve cette situation infiniment intéressante, loup. Après des siècles de sommeil, j'ai enfin un nouveau jeu et un valeureux adversaire. »

Des siècles de sommeil... un valeureux adversaire.

Est-ce un vampire ? Un immortel ?

« Tu as rencontré ta compagne, pourtant tu ne la revendiques pas. Combien de temps penses-tu pouvoir retarder la folie ?

— Je ne sais pas ce qui se passe, mais ça ne me plaît pas », dit Adèle d'une voix aigüe. Elle essaie de passer devant moi, mais je l'en empêche de nouveau.

« Tu as le droit de savoir ce qu'il te cache, lui dit Dieter. N'as-tu pas envie de savoir ?

— Je ne sais pas de quoi tu parles », dit-elle de son ton le plus royal. Ma princesse, qui me protège. « Gabriel, c'était un plaisir de te rencontrer. Ça *l'était*. Mais tu dois partir, maintenant. » Je n'aime pas l'entendre appeler Dieter par son prénom, mais son ton impérieux m'emplit de fierté.

Dieter continue son monologue, comme le taré malfaisant qu'il est. « Peut-être est-ce inespéré. Tu gardes tes secrets depuis trop longtemps, loup. Maintenant, laisse-la voir la vérité. Tu ne me remercieras pas tout de suite, mais tu finiras peut-être par le faire. »

Il soulève ses lunettes, et j'aperçois des yeux étranges, reptiliens. Je n'ai pas le temps de songer à ce qu'ils signifient. Mon loup aperçoit la menace, et je mute pour protéger Adèle.

* * *

Adèle

J'entends un rugissement animal et un déchirement de tissu derrière moi. Puis un loup gigantesque se jette sur Dieter et le fait tomber à la renverse.

Rafe ? Je me retourne pour regarder derrière moi. Ses vêtements sont en lambeaux dans la neige.

Rafe est un loup.

Rafe. Est un loup.

Avec une puissance surnaturelle, celui-ci se fait projeter en arrière, et Dieter se relève.

Le loup a une fourrure noire, avec quelques touches orangées sur la pointe des oreilles. Il se relève à son tour et montre les crocs. Ses canines sont aussi longues que des couteaux.

Lorsqu'il émet un mi-rugissement, mi-grondement, je me liquéfie. Même si je sais qu'il s'agit de Rafe, je me mets à reculer en trébuchant, craignant d'avoir les jambes coupées.

J'ai dû pousser un cri sceptique ; le loup tourne son énorme tête pour me regarder.

« Ne bouge pas, loup, dit Dieter d'une voix autoritaire. Tu ne remporteras pas ce combat. Tu as vu ce que j'ai fait à ses ennemis. Mais je ne souhaite plus revendiquer ta compagne. Elle n'est pas ma promise. Je ne lui ferai aucun mal. »

La fourrure de Rafe est ébouriffée. Il baisse la tête et montre de nouveau les crocs en grondant.

Dieter n'hésite pas à lui tourner le dos. Les mains dans les poches, il s'éloigne avec nonchalance, comme s'il ne venait pas de se faire bousculer par un loup géant.

Ouais, je ne présenterai pas ce mec à Tabitha, tout compte fait. Qu'est-ce qui m'a pris de prendre le thé avec lui, un inconnu étrange, au milieu d'une forêt enneigée ? Je ne me suis inquiétée à aucun moment, pourtant, la situation me paraît désormais extrêmement dangereuse.

« R-rafe ? »

Le loup ne cesse de gronder. De ses yeux verts, il fixe Dieter qui s'éloigne.

« *Rafe.* »

Il se tait et tourne sa grosse tête dans ma direction. Mince, il est gigantesque. Sa tête m'arrive presque au niveau de l'épaule. Je savais que les loups étaient gros, mais bon Dieu, si je voyais cette bête dans une forêt sombre, je m'allongerais et rendrais l'âme sur place. C'est encore le mieux, avant que le loup ne me réduise en charpie.

« Rafe. » Son prénom semble être le seul mot que je suis capable de prononcer. Comme si en le répétant suffisamment, j'allais le faire redevenir l'homme que je croyais connaître.

Il lève sa tête puissante en direction du chalet. Même sous cette terrifiante nouvelle forme, il continue de me donner des ordres.

Je prends la direction du chalet sur des jambes flageolantes. Tout mon corps tremble. Je ne sais pas si j'ai arrêté de respirer ou si j'hyperventile. Quoi qu'il en soit, j'ai l'impression que mes poumons sont trop pleins. Comme s'ils risquaient d'exploser.

J'ouvre la porte. Rafe me pousse à l'intérieur d'un coup de museau, puis referme la porte de la même manière.

En un frémissement et un craquement d'os, il reprend forme humaine. Tout à coup, il se tient devant moi, magnifique et nu.

« Adèle. »

Son ton d'excuse me met immédiatement hors de moi.

Maintenant que je le reconnais, je suis prête à lui arracher la tête. Les mains sur les hanches, je demande : « Quoi, Adèle ?

— Je suis désolé, dit-il en écartant les bras.

— Tu es désolé ? » Je le regarde fixement. J'essaie encore de rassembler toutes les pièces du puzzle. « Tu es désolé de ne pas m'avoir dit que tu es… quoi ? Un loup-garou ? Et qu'est-ce qui s'est passé avec Gabriel, bon Dieu ?

— Laisse-le en dehors de ça », gronde Rafe. Une lueur verte illumine son regard.

Mon ventre se noue lorsque je comprends ce qu'elle signifie. Il ne s'agissait pas d'un jeu de lumière, comme je le croyais. Son loup se montrait.

« Tu es un… » J'ai du mal à respirer. Je recule dans la cuisine, et Rafe me suit avec lenteur. « Tu te transformes en loup.

— Oui.

— C'est tout ? » Mon dos rencontre le comptoir.

Rafe s'arrête au niveau de l'îlot de cuisine et ramasse la poubelle métallique. En soutenant mon regard, il la froisse en boule, avec aussi peu d'efforts qu'il m'en faudrait pour former une boule d'aluminium.

Il la pose sur le comptoir en marbre. Une sculpture d'art moderne.

Un grand calme m'envahit. Je jette un torchon dans sa direction. « Dis-m'en plus. Très bien. D'accord.

— Par où dois-je commencer ? demande-t-il une fois qu'il a réussi à se couvrir la taille avec le torchon.

— Pourquoi ne me l'as-tu pas dit ?

— Je ne peux pas. » Sa mâchoire se contracte tant que des lignes blanches se dessinent sur ses joues rougies.

« Je croyais qu'on apprenait à se connaître.

— J'en avais envie, Adèle. Mais je ne pouvais pas.

— Je vois. » C'est donc pour cette raison que nous ne pouvons pas être ensemble. Je suis humaine, et lui... ne l'est pas. « D'accord, je comprends...

— Ce n'est pas tout. Tu es ma... » Il s'interrompt et se passe la main dans les cheveux. Le torchon autour de ses hanches parvient difficilement à dissimuler son sexe de taille... impressionnante. Il ne tient le tissu que d'une main, et le torchon commence à glisser.

Concentre-toi. Je m'éclaircis la gorge. « Je suis ta... quoi ? Ta compagne ? C'est ce qu'a dit Gabriel. Qu'est-ce que ça signifie ?

— Adèle. » Il baisse la tête avec un regard affligé et secoue la tête. « Je ne peux pas te revendiquer. Mon monde est tellement dangereux... et tu n'es qu'une humaine. Tu es si fragile. Regarde les soucis que je t'ai causés. » Il fait un geste dans la direction où Gabriel a disparu.

Mais je ne peux pas me concentrer sur Gabriel. Tout ce que j'entends, c'est : « tu n'es qu'une humaine. » Je connais le secret de Rafe, et ça ne suffit toujours pas. Il ne veut pas de moi.

Au fond, je le savais depuis le début. Bien que réelle, il a toujours lutté contre son attirance pour moi. Il me désire, mais préférerait que ce ne soit pas le cas. Et il a déjà pris sa décision. Rafe ne me revendiquera pas, même si j'ignore ce que ça signifie.

Jusque-là, je ne savais pas pourquoi il se comportait ainsi. Maintenant, je sais. Et j'en ai assez.

Je cligne des yeux pour en chasser des larmes brûlantes. « Bon, ben, cette humaine fragile s'en va, dis-je en sortant mon portable.

— Adèle... » Il veut me toucher, mais je lui repousse la main.

« Non. Ne me touche pas, Rafe. » Ma voix tremble quand je prononce son prénom. Je me force à rencontrer son regard triste. « S'il te plaît.

— D'accord, dit-il en reculant, les mains levées. Je ne te toucherai pas. Mais laisse-moi te ramener chez toi pour m'assurer que tu es en sécurité.

— Non. J'appelle un taxi. C'est terminé. » J'ai déjà mon portable dans la main. J'ouvre l'application et commande une voiture.

« Je n'ai jamais voulu te faire de mal.

— Eh bien, tu m'en as fait, mais c'est la vie. » Je hausse les épaules et garde la tête haute en m'efforçant de ne pas pleurer. Je fondrai en larmes quand je serai loin d'ici. Quand je serai seule.

J'ouvre la porte pour attendre dehors, mais Rafe me suit sur le perron. Il est toujours nu, à part le torchon. « Attends à l'intérieur, dit-il d'une voix douce. Je resterai dehors. » Sur ces mots, il devient flou et tombe à quatre pattes. Il est redevenu ce beau loup terrifiant.

Je rentre dans le chalet, mais n'enlève pas mon manteau et reste dans l'entrée. J'ai l'intention de quitter l'Utah aussi vite que possible.

Je comprends mieux son attitude, son indécision, pourquoi il me repoussait. Il me cachait son secret. De nombreux secrets. Ses amis sont-ils au courant ? Son frère ?

Et puis, qu'est-ce que ça signifie, « revendiquer une compagne » ?

Qui est Gabriel Dieter, et pourquoi se haïssent-ils ?

Je me trouve dans un univers où rien n'a de sens. Où je n'ai pas ma place.

Heureusement que je n'ai pas apporté grand-chose. Concrètement, je n'ai rien apporté…

Lorsque le taxi arrive, je ne sais pas du tout où est Rafe.

Je cours entre la porte et la portière comme si j'étais poursuivie ou que son loup rôdait non loin. La pauvre chauffeur me regarde comme si j'étais folle. « Démarrez, vite ! »

Avec la joie d'une pilote amatrice, elle écrase l'accélérateur. Nous avons descendu la moitié de la montagne lorsque je le vois. Un énorme loup noir à la pointe des oreilles orange, assis sur une colline enneigée. J'ai une montée d'adrénaline. J'ai toujours imaginé les loups comme de gros chiens sauvages, mais non. Cet animal ressemble autant à un chien qu'un tank à une berline. Il est bien plus gros. Bien plus dangereux. Il a la gueule fermée, ses crocs dissimulés, mais sa puissance dangereuse se lit dans chaque ligne de sa silhouette.

C'est Rafe. Impossible, mais vrai. Mon cœur ralentit, comme si mon corps le reconnaissait.

Il me regarde sans se départir de sa posture royale. Ses yeux vifs me clouent sur place. J'aperçois une lueur verte lorsqu'ils reflètent la lumière.

Il est magnifique. À part les pointes orangées de ses oreilles qui se penchent en avant, le loup reste immobile. Il n'a pas l'air en colère. Seulement... triste.

Mon corps se couvre de chair de poule. Je plaque les paumes contre la vitre. « Rafe », dis-je en un murmure.

Le loup lève la tête et hurle. Le son lugubre me suit tandis que la voiture prend un virage et que Rafe disparaît.

Chapitre Dix

R *afe*

« Tu en as mis, du temps », me dit Deke lorsque je le rappelle.

Je ne suis pas d'humeur à expliquer pourquoi j'ai mis si longtemps à rappeler. Mon loup ne m'a pas laissé reprendre forme humaine tout de suite, alors je l'ai emmené courir. Un signe que je commence à perdre le contrôle. Que le mal de lune s'installe.

« Adèle va bien. Elle a pris un vol de dernière minute pour Albuquerque. Sadie est allée la chercher à l'aéroport.

— Seule ?

— Sadie a insisté. Elle a dit qu'elles avaient besoin de parler entre filles. Il m'a semblé que c'était une bonne idée. Mais je les suis. Tu croyais que je quitterais Sadie des yeux, avec toutes les conneries de Dieter ? »

Dès qu'il dit ces mots, j'entends le moteur de sa Mercedes. Mes épaules se décrispent très légèrement. « D'accord. Teddy passe me prendre.

— Tu arriveras à Taos avant nous, dans ce cas. Il nous

reste de la route. Au fait, si ça coupe, c'est parce que je suis dans le canyon. Quels sont tes ordres, sergent ?

— On doit découvrir ce que prépare Gabriel Dieter.

— Qu'est-ce qui s'est passé ?

— Cet enfoiré s'est pointé là-bas. Il s'est amusé avec Adèle, mais il ne lui a fait aucun mal. Et quand je suis arrivé, il m'a dit qu'il ne voulait plus la revendiquer. Qu'elle n'était pas sa promise.

— Hein ?

— Ce n'est pas tout. Il avait des yeux bizarres... presque comme ceux d'un serpent. Franchement, je ne sais pas quel genre de créature il peut être, mais il est puissant. Il m'a donné un ordre alpha, et je l'ai ressenti. J'ai dû lutter pour ne pas obéir.

— Merde. Alors, c'est un être surnaturel. Tu crois que c'est un métamorphe ? Ou un vampire, peut-être ?

— Non, il n'a pas l'odeur d'un suceur de sang. Je vais demander à la meute de Tucson de poser la question au roi des sangsues, mais je suis presque sûr que Dieter n'est pas l'un d'entre eux. C'est un métamorphe, mais de quelle espèce ?

— Un lion ? Un ours ?

— Non. Autre chose, mais quoi ? J'ai besoin de le découvrir. J'ignore ses intentions. Il avait Adèle entre ses griffes, puis il a dit qu'il renonçait à elle. Il joue avec moi.

— Tu vois, c'est un indice. Quels métamorphes jouent avec leurs proies ?

— Je ne suis pas sa proie.

— On dirait que si, pourtant, rétorque Deke. Je ne pensais pas que ça arriverait un jour, mais je crois que j'ai plus de bon sens que toi, sergent. Tu as une compagne. Revendique-la. »

J'ai envie de vomir quand je me revois dire à Adèle que

je n'ai pas l'intention de la revendiquer. En sachant que j'allais la blesser. « Je ne peux pas, Deke.

— Si tu ne la revendiques pas, ça te tuera.

— Et être avec moi pourrait la tuer, elle ! Je ne prendrai pas le risque.

— N'importe quoi. Tu la protégeras. Comme Lance et moi protégeons nos compagnes.

— Je suis l'alpha. C'est différent dans mon cas.

— Tu as perdu la tête, sergent », soupire Deke.

* * *

Adèle

Sadie me salue lorsque je monte dans sa voiture à l'aéroport d'Albuquerque. « Coucou ! Le vol s'est bien passé ?

— Oui, dis-je en soupirant. Je suis désolée de t'avoir demandé de venir me chercher. J'ai réservé un vol en dernière minute, et il n'y avait que cet aéroport...

— Chut, ce n'est rien. » Sadie me tapote le genou avant de reposer la main sur le volant.

Je ferme les yeux, mais je revois le loup qui me regarde partir. *Rafe avait l'air si malheureux.*

Eh bien, moi aussi, je suis malheureuse. Et c'est lui qui m'a brisé le cœur.

« On doit parler de beaucoup de choses. » Je déglutis. Je ne sais pas comment je vais lui expliquer. Rafe, Gabriel, le loup...

« Ne t'inquiète pas, dit-elle comme si elle lisait dans mes pensées. Je sais ce qui se passe. Je suis au courant de tout. »

Vraiment ? Je reste un moment stupéfaite avant de réussir à lui demander : « C'est vrai ?

173

— Oh, oui. » Sa bouche se courbe en un sourire ironique tandis qu'elle s'engage sur une route secondaire menant à Santa Fe. « Tu ne t'es jamais demandé pourquoi Deke habite dans un grand chalet dans la montagne avec tous ses amis militaires ? J'ai rarement rencontré quelqu'un d'aussi asocial que lui. Pourtant, en plus de travailler ensemble, ils habitent ensemble.

— Ben, oui. » C'est elle qui a fait ce commentaire sur son petit ami, pas moi. « Je pensais qu'il n'aimait pas les gens, mais qu'il ne détestait pas ses frères d'armes autant que les autres.

— C'est vrai, concède-t-elle. Mais aussi... » Elle hausse un sourcil.

Je comprends soudain. « Oh, Seigneur. Oh, mon Dieu. » Un groupe soudé comme des frères. Rafe ne pourrait pas cacher ce qu'il est à Deke, si ? Et si Rafe fait assez confiance à Deke pour lui révéler son secret, ça signifie peut-être qu'en plus d'être au courant, il le *partage* peut-être...

Une fois de plus, Sadie lit dans mes pensées. « Ouais.

— Deke... est un... » J'ai besoin de clarifier. J'y ai réfléchi pendant tout le vol depuis l'Utah, mais je n'imaginais pas que je devrais le dire à haute voix à l'une de mes meilleures amies. « Un loup-garou ?

— Ils préfèrent le terme loup métamorphe, ou simplement métamorphe. Mais, oui.

— Oh, mon Dieu ? » Suis-je en train de rêver ?

« Je sais. Ça fait beaucoup à digérer. Je me suis sentie comme toi quand j'ai appris la vérité.

— Tu n'en as parlé à personne.

— Je ne pouvais pas. Aucun humain ne peut savoir.

— J'ai bien compris. Je n'en parlerai à personne. » Si je le faisais, personne ne me croirait. On me prendrait pour une folle.

Je suis peut-être devenue folle. Mais si c'est le cas, Sadie l'est aussi. Je peux supporter de perdre l'esprit, si j'ai une amie avec moi.

« La plupart du temps, quand un humain apprend l'existence des métamorphes, ils demandent à un vampire d'effacer ses souvenirs. »

Un vampire ?!

« ... mais toi et moi, nous sommes des exceptions, continue Sadie. Nous sommes spéciales. »

Je secoue la tête. Les mots de Rafe résonnent dans ma tête. « Toi, peut-être, mais pas moi. Il dit que je suis trop fragile pour être sa compagne. Il ne me revendiquera pas. Qu'est-ce que ça veut dire, de toute manière ?

— Oh, non. » Sadie me regarde avec compassion, mais je devine son inquiétude. Elle jette un coup d'œil dans le rétroviseur. Elle le fait souvent depuis que nous roulons. « Ça veut dire qu'il est fou. Les métamorphes naissent ainsi. Il s'agit peut-être de physiologie, ou d'évolution, ou... quoi qu'il en soit, dans le monde entier, ils ne se lient qu'à une seule personne. Leur véritable amour. Leur compagne ou leur compagnon.

— Comme une âme sœur ?

— Exactement, mais dix mille fois plus intense. La rencontre active tous leurs instincts de métamorphe. Le sentiment dépasse l'amour. Pour un métamorphe, sa compagne est le centre de l'univers.

— Et c'est ce que tu es pour Deke. » Je ne peux m'empêcher de sourire.

« Oui, dit Sadie d'une voix douce.

— Je suis heureuse pour toi.

— Merci. C'est vraiment génial. On va se marier parce que c'est une tradition humaine, mais aux yeux de la meute, nous sommes davantage que mari et femme. » Pendant quelques kilomètres, je réfléchis à ce qu'elle m'a dit. Le front de Sadie se plisse. « Rafe ne t'a jamais parlé de ça.

— Non. Je croyais qu'on s'était rapprochés en Utah, mais pas assez, j'imagine.

— Je suis désolée.

— En fait... je comprends. Ses parents ont été assassinés, et il a dû s'occuper de Lance alors qu'il n'avait que quinze ans. Cette tendance à vouloir tout contrôler, c'est parce qu'il veut protéger les gens qu'il aime. Donc, j'imagine qu'il n'a pas envie d'ajouter une personne à la liste. Surtout une humaine *fragile*. » Je forme des guillemets avec mes doigts en prononçant le dernier mot.

« Oui, Deke m'a dit que Rafe ne voulait pas qu'ils prennent de compagnes. Pas seulement des humaines. Il était même contre l'idée qu'ils s'unissent à des louves métamorphes. Selon lui, nous affaiblissons la meute.

— Aïe, dis-je en tressaillant malgré moi.

— Tu comprends, les métamorphes possèdent de fantastiques capacités de régénération. Charlie m'a raconté que Lance a reçu de nombreuses blessures par balles pendant une mission, mais que les cicatrices avaient disparu après un jour ou deux. »

Mes yeux s'emplissent inexplicablement de larmes. Chaque nouvelle information que j'apprends sur l'espèce de Rafe creuse le gouffre qui nous sépare. Et il me manque encore plus. J'aimerais que la situation soit différente. Je désire la même chose qu'ont Sadie et Deke. Charlie et Lance.

« Donc, à leurs yeux, les humains sont extrêmement vulnérables, continue Sadie. Et je comprends. Nous sommes plus faibles parce que nous sommes humaines. Mais Deke ne me considère pas comme une faiblesse. Les compagnes rendent une meute plus forte. Même si je peux imaginer que Rafe nous considère comme des personnes en plus à protéger. »

Ses mots me font l'effet d'une boule de bowling dans la poitrine. « Si seulement il n'était pas si obsédé par le contrôle.

— Ouais... C'est un truc d'alpha. Tu es comme ça, toi aussi », dit-elle avec douceur. Elle est la seule à pouvoir faire une critique avec une telle délicatesse. « C'est pour ça que tu essaies de prendre soin de nous toutes.

— Je ne suis pas comme Rafe, dis-je entre mes dents. Il souffle le chaud et le froid. C'est dingue ! » Bien sûr, moi aussi, je me suis comportée ainsi. Je n'arrivais pas à appréhender mon attirance pour Rafe, et j'attribuais ma réticence au fait qu'il soit mon patron. Puis je me suis déshabillée pour me baigner dans un bassin extérieur et je l'ai séduit. Je gémis et me couvre le visage d'une main. « Quel bordel.

— C'est vrai, reconnaît Sadie. Et Rafe a été insupportable. Il se rend fou à essayer de trouver quoi faire. Son loup a sûrement envie qu'il te revendique au plus vite, mais il tente de faire ce qui est le mieux pour toi et sa meute.

— Non, il a pris sa décision. Deke t'a raconté ce qui s'est passé avec ce type, Gabriel Dieter ? »

Sadie se mordille la lèvre pendant un kilomètre et demi en jetant de nouveaux coups d'œil dans le rétroviseur. « Il ne m'a pas dit grand-chose à son sujet, donc je présume qu'il est lié à une mission top secrète. Tout ce que je sais, c'est que Dieter est dangereux. Et j'imagine que s'il s'en est pris à toi, c'est parce qu'il savait que ça atteindrait Rafe.

— Il ne m'a pas fait de mal. C'était vraiment bizarre, dis-je en frissonnant. Je ne sais pas pourquoi j'ai passé tant de temps avec lui. C'est comme si j'avais oublié d'être méfiante. J'ai même vu un de ses employés... il portait carrément une tenue militaire. J'avais toutes les raisons d'être sur mes gardes, pourtant je ne me suis pas inquiétée un seul instant.

— Ne t'en veux pas. Dieter est riche et il a des tonnes de contacts. Il a sans doute l'habitude d'obtenir ce qu'il veut. S'il souhaitait te rencontrer et passer du temps avec toi, il n'aura eu aucun mal à organiser le moment parfait pour y parvenir. » Elle jette un coup d'œil dans le rétroviseur central.

Je me dévisse le cou et vois une Mercedes G63 noire familière nous suivre. Sur un ton résigné, je demande : « C'est Deke, c'est ça ?

— Ouais. Il s'inquiète pour nous. À cause de Dieter. Et puis, il est très protecteur...

— Parce que tu es sa compagne. » Une fois de plus, je dois me retenir de pleurer.

Sadie s'engage sur la route qui mène vers mon quartier et ajoute : « La pleine lune peut aussi jouer.

— Oh, mon Dieu, c'est la pleine lune. C'est peut-être de là que vient le mot *lunatique*. En fait, c'était une meute de loups métamorphes, dis-je, secouée par un rire incontrôlable. Comme un groupe de femmes dont les règles se synchronisent, mais c'est un tas de loups métamorphes sur le même cycle. » Je me plie en deux, le souffle coupé à force de rire. Sadie me regarde avec gentillesse.

Je ris de plus belle. Je suis toujours hilare lorsque Sadie s'arrête dans mon allée. Charlie sort de chez moi et vient à notre rencontre. Elle ouvre ma portière et me voit secouée de rire sur le siège, des larmes coulant sur mes joues.

« Je vois qu'elle le prend bien, dit-elle à Sadie en haussant un sourcil.

— Entrons, propose celle-ci.

— Bonne idée. » Charlie me prend par la main et m'aide à sortir de voiture. « Je n'ai pas appelé Tabitha parce qu'elle n'est pas au courant... tu sais. Et je ne savais pas si tu aurais encore besoin d'en parler. »

Sadie salue Deke de la main tandis qu'il se gare devant chez moi. Pour monter la garde, je suppose. Sadie m'a dit que le cartel ne constituait plus un danger, mais Deke est réputé pour son attitude protectrice.

Mes deux amies m'accompagnent à l'intérieur. Une fois chez moi, mes habitudes reprennent le dessus. Je vais passer un tablier dans la cuisine. J'allume le four, puis sors une feuille de cuisson et un saladier du congélateur. J'ai justement de la pâte à profiteroles de côté pour un moment comme celui-ci.

« Qu'est-ce qu'elle fait ? demande Charlie en un murmure.

— De la pâtisserie parce qu'elle stresse, répond Sadie en l'invitant à s'asseoir sur un tabouret. Installe-toi. Ça va prendre un moment, mais le résultat en vaudra la peine.

— Mmmm, du sucre. Exactement ce dont le bébé et moi avons besoin. » Charlie s'assied et pose la main sur son ventre, encore plat pour le moment.

Je lâche le fouet, qui atterrit sur le carrelage. « Oh, mon Dieu, Charlie. Tu...

— Je vais avoir un bébé loup ? » Elle me fait un clin d'œil.

Oh, mon Dieu. Sadie m'a dit que Lance est un métamorphe, mais je n'avais pas encore fait le lien. *Mon amie va avoir un bébé métamorphe.*

« Un bébé loup, c'est comme ça qu'on dit ? » Ma voix est stridente. Sans réfléchir, je pose les mains sur mon ventre. J'ai couché avec Rafe un million de fois. Et si la pilule ne faisait pas effet ?

« Adèle, détends-toi, dit Charlie en se redressant. Je ne vais pas accoucher d'un louveteau.

— Finies les blagues, déclare Sadie avec sévérité. Ça fait beaucoup d'informations d'un coup. » Elle se lève, ramasse le fouet et le rince, puis elle me propose un verre d'eau et me frotte le dos pendant que je bois.

Quand je peux à nouveau parler, je demande à Charlie : « Comment tu te sens ? À ta place, j'aurais l'impression de devenir folle.

— Je suis bien entourée, répond-elle en se tapotant le ventre. J'ai fait la connaissance d'autres humaines qui sont devenues les compagnes de métamorphes. »

Les compagnes. Encore ce mot.

« Je me languis d'avoir ce bébé. J'aime Lance. J'avais mes réticences parce que c'était un séducteur, mais tu sais ce qu'un loup métamorphe ne fait jamais ? Il ne trompe jamais sa compagne et ne la quitte jamais.

— C'est un avantage », renchérit Sadie avec un hochement de tête.

Les larmes reviennent. Cette fois, je les laisse couler. Je cesse un moment de pétrir violemment la pâte. « Il dit que je suis une distraction.

— Quoi ?! » Charlie et Sadie m'entourent et m'étreignent.

Mon fouet envoie des gouttes de jaune d'œuf sur mes placards en bois, mais ce n'est pas grave. Après une séance de pâtisserie déstressante vient un moment de nettoyage déstressant. « Il l'a dit sans réfléchir. Je ne veux pas le lui reprocher, mais ma mémé disait toujours qu'il faut croire ce que les gens nous disent, même lorsqu'ils ont bu ou sous le coup de l'émotion. Surtout dans ces moments-là. Ils ne se censurent plus, et la vérité sort. » Je déglutis. « Il me voit comme une distraction, les filles. Je ne suis pas centrale dans sa vie.

— Non ! s'écrient mes amies. Ce n'est pas du tout ça...,

dit Sadie pendant que Charlie ajoute : Tu es sa compagne. Tu *es* le centre de sa vie.

— Il ne veut pas me revendiquer. »

Charlie et Sadie ont l'air abasourdies, mais elles ne me contredisent pas. Je les pointe du fouet. « On a passé de bons moments ensemble. Mais c'est terminé. »

Chapitre Onze

R*afe*

J'ai essayé de m'assommer avec de l'alcool depuis que je suis rentré hier soir, ce qui est malheureusement impossible pour un métamorphe. L'engourdissement ne dure qu'une dizaine de minutes, maximum, avant que mon corps n'élimine l'alcool. Néanmoins, l'effort en vaut la peine, même si le soulagement est momentané.

Adèle est partie. Je l'ai poussée à partir, et je mérite la souffrance qui me déchire le cœur depuis.

Mais j'ai pris la bonne décision.

J'en suis sûr.

En se rapprochant de moi, elle a failli se retrouver mêlée aux sombres projets de Dieter, quels qu'ils aient pu être. J'ignore toujours pourquoi il a cru qu'elle était sa compagne et ce qui l'a fait changer d'avis. Et j'ignore toujours ce qu'il sait sur la mort de mes parents.

J'essaie de ne penser qu'à Dieter, de résoudre l'énigme, mais mes pensées ne cessent de se tourner vers Adèle.

Je repense à sa voix qui se brise. À son expression blessée.

Par le ciel, je souhaite presque succomber au mal de lune tout de suite. Ce serait moins terrible que vivre ainsi.

J'ouvre le réfrigérateur et regarde son contenu sans le voir. Channing a ramené des plats du Grill. C'est la dixième fois que je viens inspecter le réfrigérateur, comme si un plat préparé par Adèle allait apparaître. Je mangerais même un plat vegan, s'il venait d'elle. Je remangerais même du persil.

Channing, Lance et Deke entrent tous ensemble, comme s'ils avaient organisé une intervention ou un truc du genre. J'imagine que je ne peux pas leur en vouloir. Aucun ne survivrait à une confrontation seul face à moi.

« Comment ça va, sergent ? » demande Channing sans me regarder dans les yeux.

Je ne prends pas la peine de répondre. Je reste devant le réfrigérateur ouvert en espérant qu'il me téléporte dans une autre existence. Une existence où je peux avoir Adèle et la protéger.

Je finis par demander : « Du nouveau sur Dieter ?

— Il se fait discret. Il n'est plus en Utah, mais personne ne sait où il se trouve. Cet enfoiré a des propriétés aux quatre coins du globe », répond Lance.

J'essaie de me concentrer. De me comporter comme l'alpha que je suis censé être. Je m'entends parler, mais il s'agit d'une expérience extracorporelle. Comme si je me voyais prononcer les mots. « Je pense qu'il va agir bientôt. Il a laissé Adèle partir... donc, il ne pense plus qu'elle est sa compagne.

— Ouais, c'est sûr. Quel métamorphe laisserait partir sa compagne ? » demande Channing. Puis il plisse les yeux.

Moi. Je l'ai laissée partir.

Merde. Quel idiot.

« Tu veux bien m'expliquer pourquoi tu n'as pas revendiqué Adèle et pourquoi elle n'est pas là, sous ce toit, où on peut la protéger à tout moment ? demande Lance. Pour moi, tu l'as abandonnée, et je ne comprends vraiment pas pourquoi. »

L'horreur menace de m'engloutir.

Ma compagne a besoin de ma protection, et je l'ai abandonnée. Mon besoin de veiller sur ceux que j'aime m'a rendu aveugle à la vérité la plus évidente : Adèle court plus de danger lorsque nous ne sommes pas ensemble. Je ne peux me dissocier d'elle. Elle est la compagne que le destin m'a choisie. Personne ne peut changer le destin. Pas même un connard aussi obsédé par le contrôle que moi.

Je cherche mes clés dans ma poche. « Je dois y aller.

— Où est-ce que tu vas ? demande Lance.

— Revendiquer ma compagne, dis-je par-dessus mon épaule. Si elle veut bien me pardonner. »

* * *

Adèle

Le premier pas pour oublier Rafe : trouver un autre emploi. Et il s'avère que c'est le point le plus facile à rayer sur ma liste ; lorsque je rallume mon téléphone, j'ai un message vocal. Je ne connais pas le numéro, mais d'après l'indicatif téléphonique, l'appel provient de Taos. L'homme au bout du fil s'exprime avec un accent anglais.

« Bonjour, madame Fabre. Je suis monsieur Button. Je vous contacte pour vous informer qu'une place de cheffe à domicile vient de se libérer auprès de mon employeur. Nous n'avons pas encore publié d'annonce, mais nous avons

reçu une recommandation nous encourageant à vous engager. Si vous êtes disponible aujourd'hui, j'aimerais vous
recevoir pour un entretien à cette adresse... »

Sans attendre la fin du message, je rappelle pour
confirmer l'entretien en laissant un message sur le répondeur de M. Button. « Je suis justement libre aujourd'hui. »

Enfin quelque chose qui tourne en ma faveur. Je m'habille et me maquille rapidement. Tout le maquillage du
monde ne pourra jamais dissimuler que j'ai passé la nuit à
pleurer après le départ de mes amies, mais je fais de mon
mieux.

L'adresse est facile à trouver. J'ai rendez-vous dans une
villa bâtie sur une propriété de plusieurs hectares, non loin
de la résidence de Julia Roberts à Taos, ce qui m'indique
qu'il s'agit d'une offre d'emploi sérieuse.

« Par ici, madame », dit l'homme avec un élégant accent
anglais. Il porte une queue-de-pie pour répondre à la porte
en pleine journée. Soit j'ai affaire à un majordome, soit le
tournage de *Downtown Abbey* se déroule ici.

Je le suis à travers les pièces en m'émerveillant devant
les grandes œuvres d'art dans des cadres dorés et les tapis
orientaux au sol. Cette villa est plus spacieuse que le chalet
de Park City, et chaque pièce est aussi décorée qu'un
musée. On devine tout de suite qu'il ne s'agit pas de
nouveaux riches. Un autre bon signe.

Le majordome m'invite à entrer dans une espèce de
bureau. Une lourde étagère en bois pleine de livres reliés
monte jusqu'au plafond d'un côté. De l'autre, une baie
vitrée intégrale donne sur un ravin vertigineux d'une
hauteur de plusieurs étages.

« Je vous en prie, mettez-vous à l'aise, dit le majordome
en désignant un fauteuil en cuir devant le bureau. Monsieur
vous rejoindra sous peu. Désirez-vous boire un thé ?

— Oui, merci, dis-je en lissant ma robe. J'ai quelques questions sur le poste.

— Monsieur répondra à chacune d'entre elles, déclare l'homme d'un ton sans appel.

— Encore une chose, dis-je avant qu'il ne quitte la pièce. Je travaillerai pour les Button ?

— Oh, non, madame. Je suis monsieur Button. Votre employeur sera monsieur Gabriel Dieter. »

La porte se referme pendant que j'étouffe un cri. Oh non.

Gabriel Dieter... encore ?

Que se passe-t-il ?

Je ne veux pas me retrouver mêlée à tout ça.

Je cours jusqu'à la porte et tente de l'ouvrir.

Elle est verrouillée.

« Hé ! » Je tambourine des poings contre le bois poli. La porte ancienne est si lourde qu'elle doit étouffer mes cris. Le majordome sera le seul à m'entendre, et c'est lui qui vient de m'enfermer.

Il est également possible que personne d'autre ne se trouve dans la villa.

Merde, je n'arrive pas à croire que je suis encore tombée dans un piège de ce foutu Gabriel Dieter.

Je cours jusqu'à la fenêtre. Je pourrais la briser en jetant un fauteuil à travers la vitre, mais je devrais ensuite sauter du premier étage. En plus, cette pièce donne sur un ravin. Magnifique, mais les buissons de sauge et les rochers me briseraient en mille morceaux avant d'amortir ma chute.

Je sors mon portable. *Pitié, que j'aie du réseau.* Un clignotement m'indique que le signal est faible, mais je peux passer un appel. Cependant, qui appeler ? La police ? Que dire ? « À l'aide, je me suis présentée pour un entretien dans une villa comme une idiote, et maintenant, je suis prisonnière ? »

S'il s'agissait d'une situation normale, j'appellerais Tabitha et Charlie pour qu'elles viennent me chercher. Elles défonceraient la porte. Charlie agiterait sa carte de la Poste comme s'il s'agissait d'un badge de la police. Une fois la porte ouverte, Tabitha se déchaînerait, telle la tornade qu'elle est. Sadie est trop douce pour ce genre d'affronte-ment, mais elle conduirait la voiture.

Mais si c'est bien Dieter, la situation n'est pas si simple. Et je ne mettrai pas mes amies en danger. Je ne peux appeler qu'une seule personne. L'homme en qui je peux avoir confiance. Celui qui m'a toujours protégée.

Rafe.

* * *

Rafe

Je suis passé devant chez Adèle, mais son fourgon n'y était pas.

Mon portable vibre. *Adèle.*

J'appuie si fort sur l'écran pour répondre que je manque de le briser.

« Oh, mon Dieu, Rafe. Dieu merci, tu as répondu. » Sa voix est paniquée.

Je tourne le dos au réfrigérateur, immédiatement concentré. « Chérie, où es-tu ?

— Dans une baraque... » Elle me donne une adresse d'une voix tremblante. « Je croyais qu'il s'agissait d'une offre d'emploi. Elle paraissait trop belle pour être vraie. Et... » Elle soupire, hors d'haleine.

« Ralentis, princesse. Explique-moi.

— Je suis enfermée. Je ne peux pas sortir. Pas même par les fenêtres, je suis à l'étage. Rafe, le majordome a dit que je suis chez Gabriel Dieter. Et maintenant, je suis bloquée.

— Tiens bon, Adèle. Respire, reste calme, dis-je en passant la porte, la clé de la voiture à la main.

— Rafe, j'ai besoin de toi.

— Je suis déjà en route, chérie. Tiens bon. J'arrive. »

Quinze minutes plus tard, nous sommes presque sur place avec Deke. Ce dernier conduit, et je communique avec Lance sur le portable de Deke. Je suis toujours en ligne avec Adèle, mais j'ai muté mon micro afin d'aboyer des ordres sans l'effrayer. J'entends toujours sa respiration paniquée.

« Kylie surveille le dark web, me dit Lance, sa voix grésillant à travers le portable prépayé de Deke. Elle a mobilisé les meutes de Tucson. Ils arrivent en renfort par le premier avion. Le colonel Johnson est aussi en route. Il dirigera les unités sur place.

— Ils n'ont pas à...

— Pour autant que l'on sache, Dieter a une armée avec lui. On ne prend aucun risque. Adèle fait partie de la famille. On se battra tous pour la protéger. »

La gorge nouée, je suis incapable de parler.

Lance comprend le sens de mon silence. « Kylie m'a demandé de te passer ce message, reprend-il d'une voix plus douce. *Rafe, on est tous ensemble. Tu n'as pas à affronter le danger seul.*

— Merci, mon frère, dis-je après un moment.

— C'est normal. Va chercher ta compagne. »

Je prends l'autre téléphone et réactive le micro. « Adèle ?

— Je suis là, dit-elle d'une voix plus calme.

— On arrive. Ne t'inquiète pas. On sera bientôt là.

— Merci. »

Deke marmonne un juron lorsqu'il prend un virage serré. Les roues dérapent sur du gravier.

« Rafe ? demande Adèle, effrayée.

— Ce n'est rien, princesse. Tu as vu Dieter ?

— Non. Le majordome m'a dit qu'il allait arriver, puis il m'a enfermée. »

Mon sang se glace. J'apaise mon loup pour tenter de garder les idées claires.

« Je ne comprends pas. Que me veut Dieter ?

— Je ne sais pas. Mais ça n'a pas d'importance. Tu ne risques rien, on va te sortir de là.

— D'accord.

— Ne raccroche pas. Si ça coupe, ce n'est pas grave. On arrive très vite. »

Je coupe le micro juste à temps ; Deke s'arrête en dérapant devant un énorme portail ouvragé. Il enclenche la marche arrière de la G63, recule de quelques mètres, puis repasse la marche avant et accélère. Je pense à m'accrocher à la poignée une seconde avant que le véhicule ne percute le fer forgé. Le portail n'est pas seulement décoratif, mais il finit par céder en un atroce crissement.

« L'ingénierie allemande, il n'y a que ça de vrai », dit Deke avec un sourire de dément. Il adore ce genre de conneries.

La Mercedes avance à toute allure sur l'allée privée jusqu'à une grande maison de style Tudor. Le pare-chocs avant est plié, mais les roues fonctionnent toujours.

Il s'approche encore, puis je lève la main. « Attends. » Une fontaine sophistiquée entourée d'arbustes décoratifs nous sépare de la villa. Le décor est totalement incongru sur le haut plateau, mais ce ne serait pas la première fois qu'une famille fortunée viderait son puits pour créer un jardin anglais dans une région aride.

Au-delà du jardin ridicule, plusieurs rangs de soldats en uniforme intégral se tiennent immobiles. Gilets pare-balles, casques. De gros AK-47, qui contiennent à n'en pas douter des balles d'argent.

L'armée de Dieter.

« Je les vois », dit Deke. Il gare la Mercedes en travers de la route afin que nous puissions nous mettre à couvert derrière elle.

Je reprends le portable prépayé. « Channing ?

— Ici, sergent. Je suis passé chercher Lance. On vous suit. » J'entends le Humvee arriver en vrombissant dans l'allée privée derrière nous.

« On a des ennuis ! Tout un peloton de l'armée privée de Dieter. Comme en Suisse.

— Merde », lâche Lance. Channing a dû mettre l'appel en haut-parleur. « Comment on va faire ?

— Adèle est enfermée dans une pièce à l'arrière de la villa. » Descendre en rappel dans le vide en la tenant dans mes bras n'est pas idéal.

« On va avoir un soutien aérien. Teddy est en route, et ses frères sont avec lui, dit Channing.

— Merde. Dans ce cas, on ferait mieux d'accomplir cette mission avant leur arrivée. » Cette situation est assez délicate sans sept ours métamorphes en colère pilotant des avions.

Je regarde l'armée privée de Dieter par la vitre. Les soldats n'ont pas bougé, pas dit un mot. On dirait des soldats de l'Empire. Ils sont flippants.

« J'ai Jackson en ligne. Il peut nous fournir quelques tanks, dit Lance.

— Parfait, marmonne Deke. J'ai des grenades. » Son

loup a de nouveau ce regard fou — son expression quotidienne avant qu'il rencontre Sadie.

Je me frotte le visage. « Non, non. On ne peut pas commencer une bataille, pas comme ça. On se trouve en territoire civil. Et puis, Adèle est dans la villa. On ne peut pas affronter les troupes. On risque de détruire la maison.

— Rafe ? » m'appelle Adèle d'une voix douce. Je réactive le micro et colle le portable contre mon oreille.

« Je suis là, Adèle. Nous sommes à la porte. On doit juste trouver comment parvenir jusqu'à toi. Les hommes de Dieter sont devant la villa.

— Soyez prudents, dit-elle sur un ton suppliant.

— Oui, c'est promis. »

Il y a du mouvement près de la porte d'entrée. Un homme sans casque se détache du milieu du peloton. Un officier, j'en mettrais ma main à couper. Il tient quelque chose dans la main. Une grenade ? Un appareil ?

« Sergent Lightfoot, appelle-t-il d'une voix forte. Monsieur Dieter souhaite s'entretenir avec vous. » Il s'exprime avec un accent allemand prononcé. Il faisait sans doute partie des soldats qui m'ont tiré dessus en Suisse quand nous avons tenté d'espionner Dieter dans sa propriété.

Je le foudroie du regard, mais il s'est arrêté. Il attend patiemment, le bras tendu pour me présenter l'appareil. Un téléphone portable. « Un appel pour vous.

— Une minute. » J'ouvre la portière et sors lentement du véhicule.

« Sergent..., marmonne Deke sur un ton d'avertissement.

— Ça va aller.

— Rafe, non, proteste Lance. C'est une ruse...

— Je sais. Dieter aime jouer. Mais je peux peut-être

négocier avec lui. » Pour qu'il me rende Adèle. Je range le portable dans ma poche et adresse un clin d'œil à Deke. « Dès qu'Adèle est en sécurité, tu peux te déchaîner contre la villa avec toute la puissance de feu dont tu disposes. Fais-la flamber. Je survivrai. »

Deke secoue la tête, mais il me laisse sortir de la voiture. Je marche lentement, les mains écartées pour montrer que je ne suis pas armé.

Sans avancer, le lieutenant se contente de me tendre le téléphone. Il ne porte pas d'arme. Non qu'il en ait besoin. Ses hommes sont armés jusqu'aux dents. Mais personne ne me tient en joue pendant que j'approche. Un bon signe.

Une fois que je me trouve face à face avec l'officier, une voix agréable s'élève du portable.

« Bonjour, monsieur Lightfoot. C'est gentil de me rendre visite, dit Dieter.

— Tu n'es même pas là, c'est ça ? » Je secoue la tête.

« Hélas, j'ai d'autres affaires en cours.

— Tu retiens Adèle. Libère-la.

— Je croyais que nous avions un accord. Ta compagne en échange des informations dont tu as besoin pour te venger.

— Je n'ai jamais rien accepté de tel. Rends-moi Adèle.

— Pourquoi ? Quelle importance a la vie d'une humaine...

— C'est ma compagne ! » Mon rugissement résonne dans la cour. « La mienne ! Je vais la libérer, peu importe le nombre d'hommes que je dois exterminer.

— Et ta vengeance ?

— À quel jeu pervers est-ce que tu joues ? »

* * *

Adèle

Le portable collé contre l'oreille, je retiens mon souffle, recroquevillée contre la bibliothèque.

Je suis toujours en ligne avec Rafe. Il a oublié de couper son micro, et j'entends clairement tout ce qui se passe.

« C'est ma compagne », gronde-t-il de nouveau.

De la chaleur m'envahit.

J'entends le petit rire effrayant de Dieter. « Alors, tu la choisis au détriment de ta vengeance ?

— Je la choisis au détriment de tout le reste sur cette planète. Tu peux te foutre tes informations au...

— Très bien, compris. J'ai donné à mes hommes l'ordre de vous laisser entrer.

— Hein ? » Une pause. « Tu ne te fous pas de moi ? Pas de piège ? demande Rafe avec méfiance.

— Pas de piège. Tu as fait ton choix. Va chercher ta compagne. »

Puis je n'entends qu'un grondement, suivi de la respiration de Rafe.

Je me lève. « Rafe ! » Il court. J'entends ses bottes écraser le gravier. Un autre grondement, puis un grognement.

« Je suis dans la villa. Adèle ! » J'entends sa voix dans le combiné ainsi qu'à travers la porte, très faiblement.

Je crie et tambourine des poings contre le bois pour faire bonne mesure. « Rafe ! Ici ! Suis le couloir tout au fond ! »

Ses pas résonnent sur le parquet. Je secoue la poignée verrouillée, même si elle n'a aucune chance de céder.

« Adèle ! » J'entends la voix de Rafe de l'autre côté de la porte.

« C'est verrouillé !

— Recule, chérie. »

Je me hâte d'obéir et me cache même derrière un fauteuil.

Un rugissement, puis un bruit sourd. La pièce frémit. Un autre rugissement, un nouvel impact. Des livres chutent des étagères. Je me protège la tête, mais je ne peux m'empêcher de jeter un coup d'œil. Le bureau tremble. Après encore quelques violents bruits sourds, la porte explose en morceaux.

Une main traverse le bois. Des échardes volent. Puis Rafe apparaît à travers la porte démolie.

« Adèle !

— Rafe. » Je me lève, les jambes tremblantes. Il me prend dans ses bras. La tête contre son épaule, je m'accroche à lui tandis qu'il me porte comme une jeune mariée à travers la villa de Dieter. Nous sortons bientôt dans l'air froid de l'hiver.

* * *

« Tu peux me poser, maintenant. » Mais j'ai beau insister, Rafe franchit le pas de la porte de son chalet sans m'écouter. Il ne m'a pas lâchée depuis que nous avons quitté la villa. Nous avons passé le trajet du retour sur la banquette arrière de la Mercedes de Deke. Le véhicule a l'air d'avoir fait du hors-piste et d'être tombé d'une falaise.

« Non, désolé, princesse. Je ne te lâcherai plus jamais.

— Qu'est-ce que tu veux dire ? » Je lève les yeux pour le regarder.

Il sait ce que je lui demande. « Que j'étais un idiot. Le plus gros idiot au monde. Je croyais te protéger en gardant mes distances avec toi, mais je n'ai réussi qu'à nous briser le cœur à tous les deux, et tu as été retenue en otage.

— J'étais un otage ? Je ne comprends toujours pas vraiment ce qui s'est passé. Que voulait Dieter ?

— Je ne sais pas, mais je ne le laisserai plus jamais s'approcher de toi. Je te le promets. »

Rafe me porte jusqu'à sa chambre et referme la porte du pied. Tout mon corps fourmille, en éveil. Excité. Maintenant que je sais ce qu'est Rafe, j'ai l'impression d'être une vierge sur le point de connaître l'amour.

Avec un loup.

« Rafe, tu vas me revendiquer ?

— Plutôt deux fois qu'une. » Un éclat vert brille dans ses yeux. Sans me lâcher, il saute sur le lit. Nous rebondissons l'un contre l'autre. « Enfin, si tu veux bien de moi.

— Oui. Tu es à moi. » Je n'ai jamais été aussi sûre de quelque chose.

Je suis récompensée par un sourire radieux de Rafe, celui qui le rajeunit de dix ans et efface le poids de l'inquiétude sur son visage. « Oh, oui, je suis à toi. Et tu es à moi.

— Tu vas passer ton temps à me donner des ordres et à me casser les pieds ? »

Il m'allonge sur le dos et rassemble mes poignets au-dessus de ma tête. « Tu le sais bien, répond-il avant de frotter son nez dans mon cou, puis de le mordiller.

— Tu n'as pas peur que je sois trop fragile ? » Je ne peux m'empêcher de lui poser la question. Je suis toujours vexée.

Il grimace. « Tu n'es pas trop fragile. Tu es l'humaine la plus forte que je connaisse, Adèle. La seule chose qui soit fragile, c'est ça, affirme-t-il en se tapotant le cœur. Tu l'as déjà capturé, alors essaie de ne pas le briser.

— C'est promis. En revanche, toi, tu m'écrases. » Je fais mine de résister contre ses mains qui m'enserrent les poignets. Il presse son érection entre mes cuisses. Je lève les hanches pour venir à sa rencontre.

Il s'écarte de moi pour m'enlever mon manteau, puis ma chemise. Il émet un grondement approbateur en découvrant mon soutien-gorge en satin prune.

« Tu arriveras à ne pas être trop surprotecteur ? »

Il dépose des baisers sur mon ventre, puis ouvre la fermeture éclair de ma jupe. « Aucune chance, princesse. Tu devras te soumettre à ma protection et à mon autorité, ou assumer les conséquences.

— Quelles sont ces conséquences ? » J'ouvre le bouton de son jean.

Son sourire devient animal. « Tu te souviens peut-être de la dernière fois..., dit-il en me faisant rouler sur le ventre pour baisser la jupe sur mes hanches. Mmm, une culotte assortie. Presque trop belle pour l'enlever. Mais je dois penser à ta punition. » Il baisse la culotte.

J'écarte les jambes et lève les fesses. « Je vais avoir des ennuis ?

— De gros ennuis, Adèle. »

Sa main s'abat sans douceur sur ma fesse. Il la masse tout de suite pour faire disparaître la douleur. Une autre tape, cette fois sur l'autre fesse. Lorsqu'il la caresse à son tour, ses doigts me paraissent délicieusement tièdes. Il me fait lever le bassin et me place à genoux, le buste plaqué contre le matelas, lui présentant mes fesses.

« Quand tu désobéiras, il y aura des conséquences.

— Mmm. » Je me trémousse.

Rafe rit à voix basse et commence à me donner une vraie fessée. Il m'administre cinq ou six tapes avant d'arrêter pour me masser.

Ça fait mal, mais c'est aussi agréable. Autant je résiste à l'autorité de Rafe en dehors de la chambre à coucher, autant je l'adore entre les draps. C'est exactement ce que je désirais, ce qu'il me fallait depuis toujours sans en avoir conscience.

« J'ai besoin de te savoir en sécurité, Adèle. Je travaille dans un secteur dangereux, et tu es la personne la plus importante au monde pour moi. » Il me donne trois autres tapes brusques.

Les larmes me montent aux yeux, mais pas à cause de la fessée — à cause de ce qu'il me dit.

« Je te laisserai me protéger, Rafe. C'est promis.

— Bien sûr, tu m'as appelé aujourd'hui. Ça mérite une récompense. » Sa voix grave devient charmeuse. À la fois merveilleusement bourrue et douce. Il me pousse sur le ventre, se penche et me mordille l'oreille. « C'était difficile de demander de l'aide, Adèle ?

— Non. » C'est la vérité. J'ai beau éprouver des difficultés à demander de l'aide, ce problème ne s'applique plus à Rafe. Nous sommes désormais bien trop proches. « Je savais que tu viendrais. J'avais envie que tu viennes me secourir. »

Rafe se redresse derrière moi et frotte son gland dans la raie de mes fesses tout en effleurant mon épaule de ses dents. « Par le ciel, Adèle, j'ai failli te marquer. Entendre ça... c'est tout ce dont a besoin un loup. »

Quand je me retourne pour le regarder, il me rallonge sur le dos. Je lui demande en susurrant : « De quoi d'autre un loup a-t-il besoin ?

— De te marquer. » À sa façon de le dire, on dirait qu'il s'agit de quelque chose de mal, pourtant je n'ai pas peur. Sadie et Charlie m'ont déjà tout expliqué. C'est comme ça qu'il me revendique, en m'imprégnant de son odeur de manière permanente afin que tous les loups sachent que je suis prise.

« J'ai hâte », lui dis-je. Je soulève son Henley pour révéler ses abdos en béton.

Il sourit en retirant son haut. « Je dois te goûter d'abord. » Il recule pour faire descendre ma culotte sur mes jambes pendant que je détache mon soutien-gorge. Dès que je l'ouvre, il tire dessus et le fait glisser le long de mes bras, puis le lance en un arc de cercle dans un coin de la pièce.

Il a les narines évasées, et ses yeux verts brillent pendant qu'il dévore mon corps nu des yeux.

Je tends le bras vers lui. « Rafe… »

Il baisse la tête et prend mon mamelon sombre dans sa bouche. Une décharge électrique brûlante se déploie de mon téton au creux de mes reins. Je me déhanche en dessous de lui, dans l'attente de quelque chose de plus.

En haletant, je demande : « Pourquoi as-tu toujours ton jean ?

— Chut. Ce n'est pas toi qui commandes, princesse. » Rafe place les mains sous mes genoux pour les écarter, puis il se penche et me lèche. De sa langue, il écarte les lèvres de mon sexe et tournoie autour de mon clitoris. Mon plaisir est tel que je ne peux retenir un mouvement brusque. Mon ventre frémit à chaque respiration, l'intérieur de mes cuisses se crispe et tremble, mais il les maintient fermement ouvertes. Je lève le bassin pour venir à la rencontre de sa bouche. Il me lèche partout, me suce, me mordille et me rend folle.

« Rafe…, dis-je en gémissant.

— C'est ça, princesse. Rafe est là pour toi.

— Oh, Seigneur. » J'ai l'impression d'avoir perdu l'esprit, que sa langue habile m'a fait perdre la tête. « Encore. Oh, mon Dieu, Rafe. » Il donne des coups de langue à mon clitoris pendant qu'il me pénètre avec son majeur. « Rafe… »

Il ajoute un deuxième doigt et s'en sert pour caresser la paroi interne de mon sexe.

Je pousse un cri. Le choc de plaisir est presque trop fort, mais il caresse mon point G sans relâche en suçant mon clitoris. Oubliant qu'il vit en colocation, je gémis à grand bruit. Je ne peux me retenir. Le plaisir monte de plus en plus et me rend dingue. « Oh, mon Dieu ! » Je jouis en me cambrant contre sa bouche et sa main. Il effectue de rapides allers-retours de ses doigts et me baise tandis que je chevauche sa bouche au rythme des spasmes de mon bas-ventre.

« Oh, mon Dieu… Waouh… juste… waouh. » Je bredouille et halète, incapable de la fermer. Je suis lessivée, mais encore excitée.

« Ta récompense t'a plu, Adèle ? » Les yeux de Rafe sont entièrement ceux du loup. Il est magnifique.

« Revendique-moi », dis-je d'un ton implorant.

Il me retourne sur le ventre, puis retire son jean et son boxer. « Je ferai attention, me promet-il.

— Je sais. » Je lui fais confiance. Il redoute toujours que je glisse sur du verglas. Il ne me fera aucun mal.

Il se place derrière moi et frotte son gland contre mon sexe. Je mouille déjà, et mon entrejambe est enflé, prêt à l'accueillir. Il me pénètre d'un coup de reins. Nous gémissons de plaisir.

« Adèle, c'est si bon d'être en toi », dit-il d'une voix rauque.

Je lève le bassin pour le prendre plus profondément. Je n'ai jamais rien ressenti de plus naturel que lorsqu'il va et vient en moi. De plus épanouissant. Le moment est si parfait que mes yeux se révulsent.

La chambre est silencieuse à l'exception de nos respirations rapides qui résonnent dans la chambre, du claquement de la chair contre la chair et du froissement des draps. Je me tiens à la tête de lit pour ne pas glisser.

« Adèle... » J'entends que Rafe est au désespoir. Je ressens l'urgence de ses coups de bassin.

« Je t'aime, Rafe. » Je ne sais pas pourquoi je choisis ce moment pour le lui dire, mais il devient fou derrière moi. Il me pénètre si fort que le lit percute le mur. Nous rebondissons sur le matelas.

« Adèle... Adèle ! »

C'est trop fort, mais je ne lui demanderais de ralentir pour rien au monde, surtout quand je l'entends jouir en rugissant. Il s'enfonce en moi et s'allonge contre mon dos en me serrant dans ses bras. Ses dents effleurent mon épaule, puis me percent la peau. Je sursaute et me raidis sous la douleur, mais il s'écarte tout de suite.

« Oh, par le ciel, tu vas bien ? Adèle, dis-moi que ça va. Je suis vraiment désolé. » Mon corps s'est déjà détendu, drogué par les endorphines — ou peut-être par le sérum qu'il a libéré dans ma chair. Il lèche la morsure.

« C'est parfait. Je vais très bien. Je t'aime », dis-je pour le rassurer.

Il s'écarte de moi, me fait rouler sur le dos et m'embrasse. « Je t'aime tant, Adèle, dit-il en déposant des baisers sur mes joues. Pas seulement mon loup. Je t'aime aussi de tout mon cœur d'humain. Je ne peux pas vivre sans toi. »

Sa frénésie de tendresse m'émeut. Je la reçois volontiers. « Je t'aime, Rafe. Je t'aime, je t'aime, je t'aime.

— Je suis désolé, j'ai un peu perdu le contrôle à la fin. Ça va ? Je t'ai fait mal ?

— C'était merveilleux, dis-je en riant.

— Eh bien, ce n'est pas fini, princesse. » Il me place sur ses genoux. Et, incroyablement, je découvre qu'il est de nouveau en érection. Son membre presse contre mon sexe.

Je lui ceins la taille de mes jambes et entrelace les chevilles pour me coller à lui tandis qu'il me pénètre.

Je suis irritée, mais j'en veux encore. Je désire tout ce que Rafe souhaite me donner.

* * *

Rafe

Je fais jouir Adèle encore trois fois avant d'entendre son ventre gargouiller. Je m'aperçois que l'heure du dîner est passée depuis longtemps.

« Tu as faim », dis-je en grognant. Ne pas avoir pensé aux besoins de ma compagne m'agace. Je me lève et vais chercher un gant pour la nettoyer.

« Toi aussi, je parie. Maintenant, je sais pourquoi tu étais si chiant sur la question de la viande. C'est sûr que les loups sont des carnivores. »

Je passe le gant tiède entre ses cuisses. Je préférerais la laisser couverte de ma semence, mais je l'ai désormais marquée pour toujours. Inutile d'en rajouter.

« Non, j'étais chiant parce qu'être près de toi faisait perdre la tête à mon loup, et je me rendais dingue parce que je croyais que je ne pouvais pas t'avoir. Je donnerais n'importe quoi pour revenir en arrière. Je mangerais tes haricots rouges et je gagnerais ton affection avec mes compliments, comme Channing.

— Channing, répète-t-elle en riant. Tu étais vraiment jaloux de lui, hein ?

— N'en parle même pas. » Je ne me sens plus menacé, pas vraiment, mais le souvenir me reste toujours en travers de la gorge.

« Je t'en prie. Il a, quoi, la vingtaine ?

— Les femmes le trouvent séduisant. »

Adèle éclate de rire et se lève pour m'enlacer la taille. « Tu es ridicule. Tu le sais, j'espère ?

— Oui. Je le sais. » Je pose la main sur sa nuque pour lui faire lever la tête, puis caresse sa douce peau brune de mon pouce. « Pardonne-moi. Ne pas t'avoir me rendait fou. »

Elle se dresse sur la pointe des pieds pour m'embrasser. Le genre de baiser qui commence par ses lèvres qui remuent contre les miennes, puis se transforme en quelque chose de plus intense. Je glisse la langue dans sa bouche, et ma main descend se poser sur ses fesses.

Je recule d'un bond lorsque j'entends de nouveau son ventre gronder. « Désolé ! Je suis désolé, tu as faim. Je n'arrive pas à arrêter de te toucher.

— Allons voir si je peux te trouver de la viande », dit-elle, hilare. Elle prend un de mes T-shirts dans un tiroir et l'enfile.

« Hum, pas comme ça. »

Elle lève les yeux au ciel.

« Tu as vu tes jambes, princesse ? Elles sont redoutables. Tiens, mets ça. » Je lui lance un jogging, dont elle doit enrouler plusieurs fois la taille pour qu'il tienne sur ses hanches.

« Ce n'est pas vraiment mon style, mais je ferai une exception pour toi. »

Je lui donne une petite tape sur les fesses lorsqu'elle passe à côté de moi pour descendre à la cuisine et commencer ses tours de magie.

Vingt minutes plus tard, elle a préparé un repas complet avec des restes du rôti de porc qu'elle a trouvé dans le congélateur. J'ai sorti des bougies et les ai placées au centre de la table.

Les autres ne doivent pas être là, sinon l'odeur de viande les aurait attirés. Ils nous ont peut-être laissé le chalet pendant que je la revendiquais.

Nous nous installons à table en tête à tête. Elle lève son verre de vin. Sa peau brille à la lueur des bougies. Elle ne regarde que moi, un sourire chaleureux aux lèvres.

Ma compagne. Mon loup est aux anges.

« À nous », dit Adèle.

Je trinque avec elle. « À toi, Adèle. Tu es tout pour moi. »

Chapitre Douze

dèle

L'ambiance est si festive à Taos pendant la période des fêtes. Je n'avais pas autant apprécié les décorations ces dernières semaines, mais maintenant, pendant que je traverse la place en tenant la main de Rafe, j'apprécie pleinement la beauté de ma ville, digne d'une carte postale de Noël.

« Alors, que fait-on ici ? Ne me dis pas que tu dois acheter des cadeaux en dernière minute.

— Non, j'ai tous mes cadeaux, répond-il. Tout le monde recevra une sculpture de poubelle personnalisée. »

Je lève les yeux au ciel pendant que Rafe rit doucement. Il le fait de plus en plus — rire et sourire. L'autre soir, quand Channing a fait une plaisanterie débile, Rafe ne l'a même pas foudroyé du regard.

« Mais pourquoi est-on ici ? Je dois rentrer au chalet. » Je prépare le repas pour demain. Je servirai le déjeuner de Noël à tout le monde au chalet. Nous serons tous réunis, à l'exception de Tabitha, qui est partie visiter des antiquaires le jour où Dieter m'a enfermée chez lui. Nous espérons la joindre en visioconférence.

« Je t'offre ton cadeau.

— Mais ce n'est pas encore Noël. » Je proteste, mais la meute a décidé de fêter Noël quatre jours en avance afin que Lance et Charlie puissent également rendre visite aux parents de cette dernière.

Lorsque je me retourne pour regarder Rafe, je glisse sur une plaque de verglas. Je perds l'équilibre et finis dans une pose de tango dans ses bras.

« Je te tiens, dit-il en m'embrassant le front.

— Encore un tour de mes bottes à talons, dis-je entre mes dents.

— Porte-les tant que tu veux, princesse, murmure-t-il en me lâchant avec délicatesse. Je serai là pour te rattraper si tu tombes. »

Il ne se doute pas que c'est exactement la raison pour laquelle je les porte.

Il me prend la main et me fait traverser la rue en direction de la zone piétonne. « Par là.

— Oh, non. Je ne veux pas aller par là », dis-je en le tirant en arrière. Nous nous dirigeons droit vers Le Chocolatier. Je ne supporte pas de voir mon magasin fermé et ses vitrines sombres pendant la période de Noël.

Il me fait tourner face à lui et pose ses mains rêches sur mes joues. « Adèle. Tu me fais confiance ?

— Oui », dis-je après avoir dégluti.

Mais je retiens ma respiration quand nous nous engageons dans la ruelle. Je pourrais fermer les yeux, mais je m'appuie déjà contre Rafe. Lorsqu'il me tire le bras pour me placer face à la chocolaterie, mon appréhension se mue en émerveillement.

Ma petite boutique est illuminée, ses lumières éclairant

les congères. L'accès à l'entrée de la chocolaterie a été déneigé, et l'avis du propriétaire n'est plus accroché sur la porte. Les fenêtres de la vitrine sont nettoyées et brillantes. Il n'y a personne à l'intérieur, mais le magasin semble prêt à accueillir des clients.

Je déglutis. Si le propriétaire a déjà loué l'espace à quelqu'un d'autre, le coup sera trop dur à encaisser. « Que se passe-t-il ?

— C'est ton cadeau de Noël, répond Rafe.

— Comment ça ?

— Le Chocolatier est prêt à ouvrir. On s'est cotisés pour racheter ton matériel au propriétaire. Sadie et Charlie m'ont expliqué où tout devait aller, et elles ont aidé à tout nettoyer.

— Mais... et le propriétaire ? Les loyers en retard ?

— C'est tout bon.

— Rafe, est-ce que tu as payé ?

— Je n'ai pas eu besoin de le faire. J'ai discuté avec le propriétaire. Comme tu t'en apercevras, je peux me montrer très persuasif. »

J'ai les jambes en coton, mais il me maintient par la taille. « Joyeux Noël, princesse.

— Rafe, c'est trop. » Peu m'importe ce qu'il dit, il est impossible que mon propriétaire ait fermé les yeux sur mes dettes. Rafe a dû débourser une somme, et s'il l'a fait, je vais devoir le rembourser.

« Adèle, tu travailles dur. Je peux te regarder t'échiner des heures pour regagner ce que ton associé t'a volé, ou je peux arranger les choses. Et je n'ai pas envie que tu travailles du matin au soir. Ça fait moins de temps pour moi. Et je veux passer autant de temps avec toi que possible, dit-il en haussant les épaules.

— C'est trop. » Je secoue la tête.

« Pas même une fraction de ce que tu m'as donné. Alors, princesse, accepteras-tu mon cadeau ? »

Je me mords la lèvre. Mémé serait la première à me dire que je n'ai pas besoin d'un homme pour réussir, mais si elle avait rencontré Rafe, elle aurait approuvé mon choix. *Tu t'es trouvé quelqu'un de bien,* m'aurait-elle dit en me faisant un clin d'œil.

« Je te rembourserai.

— On trouvera une solution », dit-il en posant un doigt sur mes lèvres. Puis il me présente une clé dorée. « De nouvelles serrures à toutes les portes, dit-il en la secouant jusqu'à ce que je tende la main.

— Je la prends, mais à une condition. Tu dois m'expliquer ce que tu as dit au propriétaire pour qu'il accepte de me laisser réouvrir la boutique. »

Il secoue la tête en soupirant, mais un sourire flotte sur ses lèvres. « D'accord. J'ai acheté le bâtiment.

— Quoi ?! » Je crie si fort que de la neige tombe d'un lampadaire. « Oh, mon Dieu, Rafe. Je ne te crois pas.

— Non ? Je ferais n'importe quoi pour toi », dit-il avec un haussement d'épaules.

Je lui saute dans les bras. Au dernier instant, je glisse, mais ça n'a pas d'importance. Rafe me rattrape.

Il me rattrapera toujours.

La neige commence à tomber pendant que nous échangeons un baiser digne d'une comédie romantique. C'est le jour le plus sombre de l'année, mais l'obscurité permet aux étoiles de briller plus fort. Elles scintillent comme les diamants de ma mémé. De là-haut, je sais qu'elle me sourit.

* * *

Rafe

. . .

Je n'ai jamais accordé beaucoup d'importance au jour de Noël. Les métamorphes ne le fêtent pas vraiment, à part pour donner le change auprès des humains. Après le décès de nos parents, nous n'avons plus rien célébré. Nous n'avions aucune raison de le faire, et j'étais trop occupé à nous garder en vie.

Adèle apporte tout ça. La joie. La lumière.

Et je sais que de belles disputes nous attendent lorsqu'elle comprendra que je n'ai pas l'intention de lui réclamer de loyer. Ainsi qu'une autre dispute quand elle découvrira combien Channing a dévoré de caramels enrobés de chocolat noir pendant que nous rapportions son matériel. On pourrait penser que les loups métamorphes seraient allergiques au chocolat, mais pas celui-là.

Charlie entre dans le salon et dépose un plateau de biscuits sur la table basse. « Quelqu'un a des nouvelles de Tabitha ? Je n'arrête pas de l'appeler, mais je tombe directement sur son répondeur.

— Elle a dit qu'elle devait traverser des zones sans réseau, il me semble, dit Sadie.

— Ouais, mais on a convenu d'un moment pour s'appeler en visio, pour qu'elle soit là avec nous. » Elle hausse les épaules et enjambe les piles d'emballages déchirés pour s'asseoir sur les genoux de Lance.

Je parcours le salon du regard. Toute la meute est là, ainsi que nos compagnes. Je n'aurais jamais pensé que mon loup se sentirait si satisfait un jour en nous voyant tous réunis au même endroit.

Il ne manque qu'une personne : ma compagne. Elle surveille une marmite de gombo qui mijote dans la cuisine.

En guise de cadeaux, Channing a offert à tout le monde

des accessoires sur le thème des élans. Une sorte de plaisanterie. Ainsi, le tablier d'Adèle porte le message : *Joyeux Noélan.*

Mon loup serait agacé de la voir porter le cadeau d'un membre de la meute, mais il s'est énormément calmé depuis que je l'ai revendiquée. « Je n'arrive pas à croire que tu portes ce truc, dis-je en marmonnant.

— Quoi ? Il me plaît. » Elle me tourne le dos pour mélanger le contenu de la marmite bouillonnante à l'aide d'une cuillère en bois. Elle souffle sur la sauce rouge pour la refroidir, puis la goûte. « Elle a besoin de sucre. » Elle veut aller en chercher, mais je la serre dans mes bras et lui touche le coin de la bouche.

« Tu as un peu de sauce, là.

— Oh, vraiment ? » Elle me regarde, le nez plissé.

« Non, dis-je avant de l'embrasser.

— Mmm. » Elle se tortille entre mes bras. « Je suis toujours en colère contre toi, murmure-t-elle contre mes lèvres.

— Ah oui ?

— Si tu as acheté l'immeuble, ça signifie que tu es mon propriétaire. Je croyais qu'on en avait terminé des bras de fer et des conflits de pouvoir.

— Tu veux vraiment en avoir terminé ? Parce que je signerai sur-le-champ les documents pour te céder l'immeuble. » Je fais un geste en direction de mon bureau.

Elle écarquille les yeux.

« Ou alors... » D'une main sur la taille, je la tourne vers l'évier, puis me colle contre son dos. « On pourrait continuer ce petit jeu. » Je passe la main sous l'élastique de sa jupe. Mes doigts rencontrent du satin et de la dentelle. « Nos inspections trimestrielles pourraient être très intéressantes.

— Rafe, pas ici », gémit-elle, à bout de souffle. Encore quelques caresses, et son humidité me mouille les doigts.

« Dans mon bureau. » Je lui donne un ordre, comme s'il s'agissait d'une employée sur le point d'être réprimandée. Je sors la main de sa jupe avec un sourire en coin.

Jouant le jeu, elle éteint le feu sous la marmite, rejette sa chevelure noire sur son épaule et passe devant moi d'une démarche théâtrale.

Je lui emboîte le pas avec arrogance. Je verrouille la porte derrière moi, puis passe le bras sur le bureau pour tout faire tomber.

Adèle rattrape mon ordinateur portable avant qu'il n'atterrisse par terre. « Rafe ! Tu es fou.

— Fou de toi, princesse, dis-je en la soulevant par la taille pour l'asseoir sur le bureau. Que portes-tu sous cette jolie robe, aujourd'hui ? » J'en soulève l'ourlet et remonte mes mains sur ses cuisses. Mon sexe se dresse et gonfle dans mon pantalon dès que je touche le porte-jarretelles.

« Une seconde, grand chef, dit-elle en ouvrant le bouton de mon pantalon. Il est possible que j'aie pour fantasme de sucer mon patron. »

Je gémis et l'aide à baisser la fermeture éclair pour libérer mon érection.

Elle descend du bureau et s'agenouille en soutenant mon regard.

Je me mets à gronder dès qu'elle saisit la base de mon sexe et l'approche de ses lèvres. Elle passe sa langue sur mon gland mouillé en gémissant.

Je rassemble sa chevelure dans mon poing, puis la libère et lui masse le crâne. Elle ouvre la bouche et me prend entre ses lèvres. « Merde, chérie... C'est trop bon.

— Monsieur, je voulais vous parler de mon augmentation », dit-elle en battant des cils quand elle lève la tête.

Je serre de nouveau sa chevelure dans mon poing et pousse mon sexe entre ses lèvres. « Voyons comment se passe votre prochaine évaluation. » Ma voix n'a jamais été aussi rocailleuse.

Elle me prend dans le fond de sa gorge. Chaque fois qu'elle recule, elle fait tourner sa langue sous mon sexe.

Je grogne et gémis, respirant en petites bouffées rapides.

Elle me masse les testicules et fait tourner son autre main à la base de mon érection. Je vais jouir d'un instant à l'autre. C'est trop bon. Mais j'ai besoin de lui donner du plaisir, et je n'ai même pas encore commencé.

« Assez. Je te veux sur mon bureau. Tout de suite », dis-je entre mes dents sur ce ton autoritaire qu'elle adore détester.

Elle s'écarte de moi en riant et me laisse l'aider à se relever avant de monter sur le bureau. Je la pousse sur le dos avec des mains tremblantes, puis déchire sa culotte en la faisant glisser le long de ses jambes. Je colle ma bouche affamée contre son sexe. Dans l'état où je me trouve, je suis incapable de délicatesse, mais je la lèche avec urgence. Elle serre bientôt ma tête entre ses cuisses en me griffant les épaules.

Le plaisir lui révulse les yeux, mais elle me repousse. « Donne-moi cette grosse bite, chef.

— Oh, tu vas l'avoir. » Je lui passe un bras autour des hanches pour la faire glisser au bord du bureau, puis j'approche mon membre de l'entrée de son sexe. Je plonge en elle d'un coup de reins et commence à remuer à un rythme qui me semble vital. Nécessaire.

Je l'ai revendiquée, mais je ne suis jamais rassasié d'elle. Elle est si parfaite. L'amour de ma vie. Mon destin. Mon tout. J'ai toujours l'impression de vivre un miracle.

Le bureau se déplace dans la pièce sous la force de mes coups de reins, mais de mon bras, j'empêche Adèle de tomber, comme toujours. Elle renverse la tête en arrière, les yeux fermés, et laisse échapper des cris éplorés.

Nous atteignons l'orgasme ensemble, mes lèvres sur sa gorge, ses jambes serrées autour de ma taille.

« Je t'aime, Rafe.

— Je sais, chérie. » Je m'écarte d'elle et prends des mouchoirs pour la nettoyer.

Elle me frappe le bras.

« Moi aussi, je t'aime. » Je me penche pour ramasser sa culotte en soie et l'aide à l'enfiler. « J'ai besoin de toi. Et tu as besoin de moi. Nous avons besoin l'un de l'autre. » Je remets ses vêtements en place, puis les miens.

Elle m'enlace et pose la tête sur mon torse. « Tu as renoncé à ta vengeance pour moi.

— Pas tout à fait, dis-je en m'écartant.

— Rafe, qu'y a-t-il ? Quelque chose ne va pas ? » Elle déglutit. « C'est Dieter ?

— Non. Il fait profil bas. Personne ne sait où il est, mais il a vendu la villa, donc je ne pense pas qu'il ait l'intention de revenir dans la région ou de s'en prendre à nous.

— Alors, il disait la vérité quand il a affirmé qu'il me laisserait tranquille, dit-elle avec un soupir rassuré.

— On dirait. » Ce connard arrogant est toujours dans la nature, mais il a tenu parole et m'a laissé secourir Adèle.

Puis il nous a envoyé un colis d'informations : la seconde moitié du dossier qu'il a laissé dans la villa incendiée du cartel. Il contenait les noms des hommes qui ont assassiné nos parents, ainsi que leurs photographies et une liste de dates. Lance et moi avons demandé à Kylie de mener l'enquête, et elle a découvert que tous ces hommes travaillaient pour DataX. Les dates dans le dossier de Dieter... les dates de leur décès ?

J'explique tout à Adèle.

« C'est quoi, DataX ?

— Une organisation qui enlevait des métamorphes. DataX n'existe plus, mais ses dirigeants étaient responsables de l'attaque. Les hommes qui s'en sont pris à ma famille voulaient nous enlever, Lance et moi. Nos parents sont morts pour nous protéger.

— Je suis vraiment désolée, mon chéri.

— Ça va. » Nous vivons avec ce deuil depuis des années. Des décennies. Et maintenant, je peux tourner la page. DataX a été mis hors d'état de nuire depuis longtemps. Ses locaux ont été détruits par un groupe de métamorphes dirigé par un lion courageux, Nash Armstrong.

Ce qui est fait est fait. Il est temps pour moi de commencer une nouvelle vie. D'avoir une nouvelle famille.

Je rencontrerai les parents d'Adèle à Mardi gras. Si tout se passe bien, je l'aurai épousée d'ici la Saint-Valentin. Et dans quelques années, qui sait ? Si Adèle le désire, nous donnerons des cousins à l'enfant de Lance.

Je baisse la tête pour effleurer les lèvres de ma compagne. Elle se dresse sur la pointe des pieds pour m'embrasser. Chacun de ses baisers est comme un baume pour mon cœur.

J'ouvre la porte en entendant un bruit de clochettes. Channing s'approche. Il porte un bonnet de lutin sur la tête et de ridicules chaussures rouges dont les pointes sont surmontées de grelots. Les filles le trouvent mignon, mais je n'ai jamais rien vu de plus énervant que ces grelots. D'une seconde à l'autre, Deke va le plaquer au sol pour lui arracher les chaussures.

« Hé, sergent, ton portable n'arrête pas de sonner, dit-il.

Tu l'as laissé dans le bureau. J'ai pensé que tu voudrais le savoir. » Il me tend l'appareil. J'ai un appel manqué du colonel Johnson.

« Vas-y, je vais surveiller la cuisson du jambon », me dit Adèle.

Je lui embrasse la joue, puis lui mate les fesses tandis qu'elle s'éloigne avant de prendre la direction de mon bureau.

Le colonel répond à la première sonnerie. « Bonjour, fiston. Bonnes fêtes, me dit-il d'un ton bourru.

— À vous aussi, monsieur.

— Je suis navré d'interrompre vos festivités, mais j'ai eu des informations sur Dieter. »

Je me crispe et me détourne de la porte ouverte. « Il est de retour à Taos ?

— Non, loin de là. Il a vendu sa propriété là-bas. Il n'est pas dans la région, c'est sûr. Mais son comportement m'a donné à réfléchir.

— Vous parlez de ses foutus petits jeux tordus ? De ce comportement-là ?

— Exactement. Je n'ai pas tout compris, mais j'ai réfléchi à ce que nous savons : il est riche. Solitaire. Il a sa propre armée. Il collectionne les trésors.

— Et il s'amuse à de petits jeux pervers avec ses enne-mis, n'oubliez pas, dis-je avec amertume.

— Tout à fait. De plus, il a des informations sur les métamorphes et leurs compagnes.

— Qu'êtes-vous en train de dire, monsieur ? Que Dieter est un métamorphe ?

— Tout semble l'indiquer. La question est : de quelle espèce ? Mais je me suis souvenu de la dernière information que tu m'as communiquée. C'était en Utah, juste avant que ton loup ne l'attaque. Tu m'as parlé de ses yeux. Des iris dorés et des pupilles allongées. Il pourrait s'agir d'un félin métamorphe, mais le reste ne colle pas. Je ne vois qu'une créature qui pourrait correspondre. Je pense savoir ce qu'est Dieter.

— Merde... » Je comprends tout à coup.

Épilogue

Tabitha

« Allez, allez ! » J'encourage mon vieux Combi Volkswagen pendant qu'il gravit la route de montagne. Il rebondit sur le chemin en terre caillouteux.

Je consulte mon portable pour la millième fois, mais je n'ai toujours pas de réseau. Heureusement, j'ai imprimé l'itinéraire pour me rendre à la vente aux enchères. Je ne sais pas qui a eu l'idée débile de faire construire sa villa au milieu de nulle part dans les monts Sangre de Cristo, mais il ne s'agirait pas de la première personne fortunée à tenir à son intimité.

Mon véhicule parvient enfin au sommet de la côte et arrive sur une clairière plate et vide. J'en fais lentement le tour, mais c'est la fin de la route. Mince, où suis-je ? Il n'y a rien aux alentours.

Je vérifie l'itinéraire. J'ai dû me tromper quelque part. Ou alors, si je me trouve à la bonne adresse, il n'y a qu'une grande clairière ici.

C'est râpé pour la vente aux enchères. J'ai reçu une invitation personnelle sur l'une des applications que j'utilise, mais je me suis renseignée. L'événement avait l'air réglo. L'invitation était accompagnée de photographies de bijoux anciens à faire baver d'envie. Des grenats, des agates et des turquoises qui dataient de l'époque des sultans ottomans, authentifiés et tout. J'avais déjà un acheteur potentiel pour l'une des broches.

Bah, tant pis. Sur mon GPS, je pouvais voir une belle maison de style Tudor ici. À moins que ce buisson de sauge ne dissimule une luxueuse villa, la vue satellite s'est trompée.

Je sors de mon véhicule pour me dégourdir les jambes. Je roule depuis des heures, et je n'ai pas vu d'êtres vivants depuis environ trente kilomètres, quand j'ai croisé des buses qui donnaient des coups de bec à des animaux écrasés.

Des éclaboussures de boue rouge recouvrent mon Combi rose. Je secoue ma jupe et fais quelques fentes dans la clairière. Encore quelques postures de yoga pour m'étirer le bas du dos, et je reprendrai la route. Il me reste juste assez d'essence pour rejoindre l'autoroute et trouver une station-service.

Tandis que je m'étire les bras au-dessus de la tête, ma peau se couvre de chair de poule. Je suis seule, pourtant mon intuition perd les pédales. Elle m'indique que quelqu'un d'autre se trouve ici. Mais où ?

Je tourne lentement sur moi-même. Une grande ombre obscurcit le désert et s'approche dans ma direction. Il doit s'agir d'un avion, mais quand je lève la tête, je ne vois rien. *Bizarre.*

Le vent se lève, et une bourrasque me fouette le visage. Je me couvre les yeux, mais c'est comme si quelqu'un avait allumé un énorme ventilateur au-dessus de moi. Mes cheveux sont rabattus en arrière par de soudaines bourrasques, et ma jupe à fleurs se colle contre mes jambes.

L'ombre est presque sur moi. Un instant, elle ressemble à deux ailes écartées. Puis une forme immense glisse au-dessus de ma tête et masque le soleil...

Fin

Merci d'avoir lu *La Vengeance de l'Alpha* ! Si vous avez aimé ce livre, nous vous serions reconnaissantes de laisser une évaluation ou un commentaire ; ils sont très importants pour les auteurs indépendants. Vous en voulez encore ? Découvrez bientôt le prochain livre de la série *Alpha Bad Boys* : *Le Feu de l'Alpha* !

Le Feu de l'Alpha ~ Extrait

Tabitha, 18 ans

Le froid mordant me glace partout où ma peau n'est pas couverte par mon débardeur. Une heure après le début de la randonnée, j'ai déjà enlevé ma veste. Malgré le froid, je transpire. La sensation est étrange, mais agréable.

Les hauts sommets sont enneigés au loin. C'est le printemps, mais la neige s'attarde encore dans les ombres allongées des sapins.

Si tôt dans la matinée, mon souffle crée de la buée pendant que je traverse un champ gelé. Quelques fleurs jaunes percent la couche de neige. Je suis la seule touriste assez folle pour partir en randonnée si tôt dans la saison. Je n'ai croisé personne sur le sentier.

Techniquement, les montagnes au nord de l'Italie sont les Alpes, mais les gens du coin les appellent *Le Dolomiti*, les Dolomites. L'itinéraire que j'ai choisi n'est pas aussi dur que ceux qui me mèneraient jusqu'aux sommets les plus élevés, mais j'ai les cuisses en feu avec le dénivelé constant.

C'est toujours mieux que défiler sur un podium sur des talons aiguilles de dix centimètres dans une robe bouffante bizarre qui me dénudait presque tout le dos et les fesses. Quand j'étais mannequin, j'étais prête à tout au nom de la mode, mais c'est terminé. Ce mannequin a officiellement rendu sa paire de talons.

« Je ne comprends pas, ça se passait si bien pour toi, s'est lamentée ma mère lorsque je le lui ai annoncé au téléphone. Tu te faisais tant de relations. » Traduction : je rencontrais des hommes. Des hommes fortunés qui adoreraient avoir un mannequin à leur bras. Ma mère rêve qu'un homme de ce genre me séduise et me demande en mariage avec une bague en diamant. Ou au moins, qu'il m'offre une montre incrustée de diamants et un séjour prolongé dans son *penthouse*. Peut-être même une voiture et quelques voyages sur la Côte d'Azur ou aux Seychelles.

Ma mère a toujours couru après ce genre d'hommes.

Je ne lui ai pas dit que c'est un rencard avec un homme de ce genre qui m'a fait craquer. Je m'ennuyais à un énième *after* au bras d'un courtier. Paul, un type très gentil, mais ce n'est pas parce que je suis mannequin et qu'il m'arrive à l'épaule qu'il a le droit de me toucher le cul.

Je traverse la clairière à pas lourds, puis continue sur le chemin qui disparaît entre les sapins gris-bleu avant de m'apercevoir que je marmonne à voix basse. Au-dessus de ma tête, un oiseau chante sur une branche. Ma colère s'évanouit.

Je prends un moment pour respirer profondément. Je préfère l'air frais à n'importe quel parfum hors de prix. L'eau qui coule dans un ruisseau non loin n'est composée que de neige fondue. Elle doit être délicieuse à boire. De minuscules fleurs poussent dans les fissures des roches grises. L'oiseau au-dessus de moi gazouille comme si sa vie sexuelle en dépendait.

Je suis loin de Milan et du monde de la mode. Plus d'événements bondés et étourdissants. Plus d'auras dissonantes ni d'énergies toxiques pour me donner des migraines et envie de m'échapper.

Plus d'hommes d'affaires aux mains baladeuses qui me traitent comme un cigare : une possession, un petit plaisir, un accessoire. Plus besoin de partager un appartement avec six autres jeunes personnes à moitié affamées, dont la somme des rations alimentaires quotidiennes équivaut à peine à la moitié d'un sandwich. Après avoir annoncé à mon agent que j'arrêtais, la première chose que j'ai faite a été de manger une énorme assiette de pâtes au fromage.

Mon sac à dos contient présentement les meilleures provisions : du bon fromage, un vin rouge local et plusieurs paquets de *biscotti*.

Ma mère est peut-être déçue, mais je ne m'étais pas sentie aussi bien depuis un an. Je me sens plus légère, comme si un poids avait été ôté de ma poitrine.

Il s'est écoulé presque trois mois depuis que j'ai démissionné et commencé à errer comme une vagabonde. Je me suis acheté des chaussures de marche et un sac à dos avec une petite partie de ce que j'ai gagné pendant la *Fashion Week*. Le reste de mes économies a servi à réserver de petits *rifugios* de montagne et une bonne voiture de location près du lac de Côme, où j'ai logé en attendant la fonte des neiges.

J'ai pour projet de suivre l'itinéraire de l'alta via n° 1, puis de continuer au-delà. De passer l'été dans la montagne. Et ensuite, qui sait ? Je peux faire tout ce dont j'ai envie. J'ai dix-huit ans, et ce printemps est le début de ma nouvelle vie.

Après un quart d'heure de marche en montée, mes jambes tremblent, mais la douleur en vaut la peine lorsque je découvre un lac de montagne féerique. Son eau scintillante est turquoise, une couleur céleste aussi vive et tape à l'œil qu'une création de Lilly Pulitzer.

Je ne peux m'empêcher de m'approcher de la berge et de plonger la main dans l'eau. Au lieu d'être glacée, celle-ci est aussi tiède qu'un bain. Au milieu du lac, de la vapeur s'élève à la surface.

S'agit-il d'une source chaude ? Si c'est le cas, mon guide ne la mentionne pas.

Je pose ma veste et mon sac. Devant l'eau transparente, je me sens encore plus crasseuse. Je suis vraiment tentée de me déshabiller et de plonger dans le lac.

Mais je ne suis pas seule.

Un homme se trouve déjà dans l'eau. Sa tête sombre arrive au niveau d'un affleurement rocheux qui m'a empêchée de le voir plus tôt.

Dès que je le remarque, je ne peux plus le quitter des yeux. Il ne nage pas ; il marche dans l'eau peu profonde près de la berge. L'eau ruisselle sur ses épaules sculptées et lape ses pectoraux musclés.

À mesure qu'il s'avance vers la berge, l'eau révèle ses abdos durs comme la pierre, taillés avec la précision d'un joaillier. Il a la taille et la carrure d'un bodybuilder, mais les creux sous ses pommettes hautes, ses bras et son torse élancés m'indiquent qu'il est en sous-poids d'au moins quinze kilos.

Mon Dieu. À Milan, j'ai fréquenté les mannequins masculins les plus en vue du moment, mais à côté de lui, ils ressemblent à des figurines en pâte à modeler. Des sourcils sombres. De longs cils soyeux, une épaisse chevelure noire.

Sa barbe est un peu en bataille, mais ça ne me dérange pas. Quel effet aurait-elle entre mes jambes ?

Lorsqu'il se retourne, le soleil éclaire ses yeux. Ils sont d'une éblouissante teinte ambrée. Et quand il me regarde, ils se réchauffent et prennent une couleur d'or fondu.

« Oh, pardon. Je ne voulais pas déranger », dis-je en reculant.

L'homme me regarde sans ciller, puis il émet un son à mi-chemin entre un râle et un grondement. La terre semble y répondre par un tremblement. Je chancelle pendant que le sol est secoué.

S'agit-il d'un tremblement de terre ? Ou la Terre a-t-elle frémi lorsque nos regards se sont rencontrés ? Mon corps se couvre de chair de poule. L'homme ne m'a pas quittée des yeux, et je ne peux détourner la tête.

Il s'avance vers la terre ferme. L'eau coule sur sa ceinture d'Adonis parfaite, les muscles formant un V en direction de son entrejambe. S'il continue de sortir de l'eau, je pourrai voir son...

Oh, oui, le voilà. Et, mince... il est très impressionnant. Certains sexes ne révèlent leur taille qu'en érection, mais celui-ci en impose déjà.

Et... Il grossit encore. Plus je regarde son membre, plus il s'allonge.

« Bon Dieu », dis-je entre mes dents. Cet inconnu à la barbe fournie rencontré en pleine nature m'émoustille d'une façon inédite. Peut-être parce que ma dernière partie de jambes en l'air commence à remonter, tout simplement. À Milan, je n'ai jamais été tentée. Les mannequins étaient beaux, mais ce sont tous de gros queutards accros à la cocaïne. Cet homme les éclipse tous... et il m'éblouit, ce qui ne m'était jamais arrivé.

Il ouvre la bouche et dit quelque chose dans un fort

accent. J'essaie de déchiffrer le sens de ses paroles, mais en vain.

En italien, je demande : « *Che cosa ?* » *Comment ?* J'essaie de me rappeler mes piètres notions de français et d'espagnol, ou de n'importe quelle langue, en fait. Les intonations de sa voix mélodieuse ne ressemblent pas du tout à l'italien que j'ai appris à Milan. Il s'agit peut-être d'un dialecte ?

Il s'exprime de nouveau, une autre succession de belles syllabes qui roulent sur la langue comme de la poésie. Sa voix profonde est séduisante. Une lumière dorée brille un instant autour de son crâne, puis disparaît. Je l'observe, surprise. Cet homme n'a pas d'aura. D'habitude, je les perçois comme une lumière subtile autour des personnes, et parfois même autour des objets qui leur appartiennent. Je ressens aussi leur énergie émotionnelle — pendant les défilés, la cacophonie d'émotions pouvait me donner la nausée.

Au contraire, l'énergie de cet inconnu n'est pas intrusive. Son aura est transparente... ou dissimulée. Il n'a aucune présence émotionnelle, ou alors, elle est si subtile que je ne la dissocie pas de mon énergie. Je n'ai jamais rien ressenti de comparable.

Ce qui le rend étrangement attirant. Dommage que tout le reste à propos de lui évoque un psychopathe.

Autour de lui, le lac bouillonne. De la vapeur s'élève et crée un voile entre nous.

L'eau s'est-elle mise à bouillir ?

De nouveau, la terre frémit, et un grondement résonne dans la montagne. Bon, il doit vraiment s'agir d'un tremblement de terre.

Je m'humecte les lèvres pour réussir à parler. « Je ferais mieux d'y aller... »

L'homme s'avance. Il répète la même phrase en boucle.

Je recule. Il ne me fait pas peur, mais il me regarde comme s'il était mourant et que je pouvais le sauver.

Il tend sa grande main bronzée vers moi. Même à cette distance, je sens la chaleur que dégage sa paume, comme s'il avait des braises sous la peau.

Mais c'est dingue.

À la secousse suivante, je manque de perdre l'équilibre. Mon sac et ma veste se trouvent à quelques mètres, mais j'ai déjà reculé jusqu'à la ligne d'arbres. Au-dessus de moi, les troncs et les branches grincent.

Sur le sommet qui surplombe le lac, la roche se fissure. Des rochers aussi gros que mon sac dégringolent en soulevant des nuages de poussière. Une espèce d'avalanche s'est déclenchée. Je devrais prendre mes jambes à mon cou.

À la place, je regarde le sublime dieu bronzé sortir de l'eau. Son ton a changé. Sa voix est devenue plus gutturale, moins musicale. Un grondement résonne autour du lac et semble entraîner la chute d'autres rochers.

Notre contact visuel est rompu lorsqu'une branche me fouette le visage. J'ai tout à coup l'impression que mes pieds sont libérés d'un étau. Je me retourne et me précipite sur le sentier.

Un terrible rugissement secoue les arbres et me fait presque chuter. Je cours aussi vite que possible, les bras écartés, trébuchant et tombant à moitié sur le chemin. Mon cœur bat à tout rompre sous le coup d'une douloureuse montée d'adrénaline. Je ne peux oublier le regard de l'homme. J'ai l'impression qu'il me talonne, sur le point de me rattraper.

Une grande bourrasque me soulève et m'envoie contre un pin couché. Je m'accroche au tronc. Des rochers rebondissent dans la poussière. La terre tremble tellement que je suis projetée au sol.

Les plus hautes branches sont secouées comme si une tornade était tout proche. Une tempête de vent, un tremblement de terre et une tornade à la fois. J'entends un souffle d'air puissant au-dessus de ma tête, puis un autre rugissement couche les arbres et détache d'autres rochers de la montagne.

Je m'accroche aux racines et rampe jusqu'à un bosquet de pins rouges. Le sol ne tremble plus, mais de grandes rafales secouent la forêt, cassent des branches et aplatissent les fleurs et les herbes dans les clairières. Une ombre immense apparaît et glisse au-dessus de moi. Elle masque le soleil, puis disparaît aussi vite qu'elle est venue.

J'ignore comment je parviens au pied de la montagne. Je tremble toujours à mon arrivée au village. J'ai perdu mon sac et ma veste. Lorsque j'essaie d'expliquer ce qui s'est passé avec mes bribes d'italien, les habitants du coin me regardent comme si j'étais folle. Personne n'a ressenti de tremblement de terre, de tempête de vent ou de tornade.

Je ne parle de l'homme à personne. Sa présence reste mon secret.

J'abandonne mon projet de randonner à travers les Dolomites et pars dans le sud à la place, en Toscane. Après deux semaines passées constamment sur mes gardes, je finis par me persuader que l'événement n'a jamais eu lieu. Que j'ai rêvé. Que mes pouvoirs psychiques ont fait n'importe quoi ou que j'ai eu une espèce de vision. Que j'ai marché sur un champignon bizarre, inhalé des spores psychédéliques, et bam ! J'ai halluciné un homme incroyablement séduisant et un étrange phénomène météorologique.

Mais, au fil des ans, il m'arrive de me réveiller en sursaut et en nage, le creux des reins brûlant après un rêve récurrent. Il vient me voir dans mon sommeil. L'homme que j'ai tenté d'oublier. Les cheveux en bataille, ses yeux ambrés brillants, il s'exprime en une belle cascade poétique, en un langage que seul mon cœur comprend.

Chaque fois, je me réveille avec une impression des plus étranges. Comme s'il était la seule chose réelle et que le reste de mon existence était le rêve.

Le Feu de l'Alpha

Prochainement ~ Le Feu de l'Alpha

J'ai attendu ma compagne pendant un millénaire. Si elle me refuse, je réduirai le monde en cendres.

Elle a réveillé le dragon.

Toute jeune femme rêve d'être secourue des griffes d'un redoutable dragon par un prince charmant. Mais je suis à la fois le prince et le dragon.

Selon les anciens rites, je dois enlever ma promise pour lui faire la cour. L'emprisonner dans ma tour. Lui montrer mes trésors, mes vastes terres et mes armées.

C'est ce que j'ai fait, pourtant elle me refuse toujours. Elle dit qu'elle ne se voit pas avec un homme qui appelle encore Istanbul Constantinople.

Je dois la séduire, mais j'ignore comment procéder. Dans mon cœur humain, un dragon sommeille. Personne ne pourra l'empêcher de détruire le monde lorsqu'il s'éveillera.

Personne, sauf elle.

Le Feu de l'Alpha

Livre gratuit - La Vierge et le Vampire

Abonnez-vous à la newsletter de Renee e Lee

Abonnez-vous à la newsletter de Midnight Romance pour recevoir livre gratuit, des scènes bonus gratuites et pour être avertie de ses nouvelles parutions ! https://dl.book funnel.com/5p8orhhczq

Livre gratuit de Renee Rose

Abonnez-vous à la newsletter de Renee

Abonnez-vous à la newsletter de Renee pour recevoir livre gratuit, des scènes bonus gratuites et pour être averti·e de ses nouvelles parutions !

Ouvrages de Renee Rose parus en français

Alpha Bad Boys

La Tentation de l'Alpha

Le Danger de l'Alpha

Le Trophée de l'Alpha

Le Défi de l'Alpha

L'Obsession de l'Alpha

L'Amour dans l'ascenseur (Histoire bonus de La Tentation de l'Alpha)

Le Désir de l'Alpha

La Guerre de l'Alpha

La Mission de l'Alpha

Le Fleau de l'Alpha

Le Secret de l'Alpha

La Proie de l'Alpha

Le Sang de l'Alpha

Le Soleil de l'Alpha

La Lune de l'Alpha

La Serment de l'Alpha

La Vengeance de l'Alpha
Le Feu de l'Alpha

Les Loups-Garous de Wall Street
Grand Méchant Patron: Minuit
Grand Méchant Patron: Folie Lunaire

Dompte-Moi
Son Maître Royal
Oui, Docteur
Son Maître Russe
Son Maître Marine
Soumise à leur Punition
Son Maître Pompier
Son Maître Cuistot

La Bratva de Chicago
Prélude
Le Directeur
Le Stratège
Possédée
L'Homme de Main
Le Soldat
Le Hacker
Le Bookmaker
Le Nettoyeur
Le Coureur
Le Gardien

Les Nuits de Vegas
Roi de carreau
Atout cœur

Désirée
Séduite

Maîtres Zandiens
Son Esclave Humaine
Sa Prisonnière Humaine
Le Dressage de Son Humaine
Sa Rebelle Humaine
Sa Vassale Humaine
Son Compagnon et Maître
Animal de Compagnie Zandien
Sa Possession Humaine

Les Épouses Zandiennes
La Nuit des Zandiens
Achetée par les Zandiens
Dominée par les Zandiens

Toujours par Lee Savino

Romance paranormale

La Saga des Berserkers

Vendue aux Berserkers

Rien ne pourra empêcher ces féroces guerriers de revendiquer leur compagne.

Alpha Bad Boys

Le Tentation de l'Alpha avec Renee Rose

Mon loup veut la marquer et en faire sa compagne, mais elle est humaine et délicate : elle ne survivrait pas à une morsure de métamorphe.

* * *

Romance et science-fiction

Exilés sur la Planète-Prison

La Compagne des Draekons avec Lili Zander

Une romance extrarrestre à trois

Un vaisseau spatial écrasé. Une planète-prison. Deux imposants extraterrestres bronzés qui se transforment en dragons. Le mieux dans tout ça ? Les dragons prétendent que je suis leur compagne.

* * *

Romance contemporaine

Bad Boy Royal

Je ne suis pas du tout en train de tomber amoureuse de mon arrogant et agaçant dieu du sexe de patron. Non. Absolument pas.

Royally Fake Fiancé

Le duc de Nouvelle-Arcadie a un problème d'image que seule une fiancée peut régler. Et je suis la petite veinarde qu'il a choisie pour jouer les Cendrillons.

La belle & les bûcherons

Après cette saison au camp des bûcherons, j'arrête complètement de baiser. Parce que : j'ai mes raisons.

Papa à moi

Mon héros marin sexy veut que je l'appelle « papa »…

L'innocence brisée

Innocence avec Stasia Black

Une romance sombre de mafia

Je suis le roi des bas-fonds du crime.

Elle est à moi, et je ne la laisserai jamais partir.

Captive du milliardaire

La Belle et sa Bête avec Stasia Black

Une romance interdite

Elle expiera les péchés de sa famille... pour toujours.

Elle est la Belle, et je suis la Bête.

À propos de Renee Rose

RENEE ROSE, AUTEURE DE BEST-SELLERS D'APRÈS USA TODAY, adore les héros alpha dominants qui ne mâchent pas leurs mots ! Elle a vendu plus d'un million d'exemplaires de romans d'amour torrides, plus ou moins coquins (surtout plus). Ses livres ont figuré dans les catégories « Happily Ever After » et « Popsugar » de USA Today. Nommée *Meilleur nouvel auteur érotique* par Eroticon USA en 2013, elle a aussi remporté le prix d'*Auteur favori de science-fiction et d'anthologie* de Spunky and Sassy, e celui de *Meilleur roman historique* de The Romance Reviews. Elle a fait partie de la liste des meilleures ventes de USA Today sept fois avec ses livres Wolf Ranch et plusieurs anthologies.

Abonnez-vous à la newsletter de Renee pour recevoir des scènes bonus gratuites et pour être averti·e de ses nouvelles parutions!
https://www.subscribepage.com/reneerosefr

À propos de Lee Savino

Lee Savino a l'intention de conquérir le monde, mais la plupart du temps, elle n'arrive même pas à trouver ses clés ou son téléphone, alors elle préfère encore rester chez elle et écrire des romances smexy (smart + sexy). Elle adore le chocolat, passe sa vie en pantalon de yoga et porte les chapeaux comme personne.

Pour de bonnes tranches de rigolade, rejoignez son groupe sur Facebook en anglais, Goddess Group, ou rendez-vous sur **https://geni.us/BredBerserkerFR** pour vous inscrire à sa news-letter et recevoir un livre gratuit.

Site web : www.leesavino.com
Facebook Goddess Group :
https://www.facebook.com/groups/LeeSavino/